Ein Bekenntnis

Theodor Storm

Impressum

Autor: Theodor Storm
Umschlagkonzept: toepferschumann, Berlin

Verlag: tradition GmbH, Hamburg
ISBN: 978-3-8424-1217-0
Printed in Germany

Ziel der TREDITION CLASSICS ist es, tausende deutsch- und
fremdsprachige Klassiker wieder in Buchform verfügbar zu
machen. Die Werke wurden eingescannt und digitalisiert. Dadurch
können etwaige Fehler nicht komplett ausgeschlossen werden.
Unsere Kooperationspartner und wir von tradition versuchen, die
Werke bestmöglich zu bearbeiten. Sollten Sie trotzdem einen Fehler
finden, bitten wir diesen zu entschuldigen. Die Rechtschreibung der
Originalausgabe wurde unverändert übernommen. Daher können
sich hinsichtlich der Schreibweise Widersprüche zu der heutigen
Rechtschreibung ergeben.

Tucholsky Wagner Zola Scott Sydow Freud Schlegel

Turgenev Wallace Fonatne

Twain Walther von der Vogelweide Fouqué Friedrich II. von Preußen

Weber Freiligrath

Fechner Weiße Rose von Fallersleben Kant Ernst Frey

Fichte Richthofen Frommel

Engels Fielding Hölderlin

Fehrs Faber Flaubert Eichendorff Tacitus Dumas

Eliasberg Ebner Eschenbach

Feuerbach Maximilian I. von Habsburg Fock Zweig

Ewald Eliot Vergil

Goethe Elisabeth von Österreich London

Mendelssohn Balzac Shakespeare Dostojewski Ganghofer

Trackl Lichtenberg Rathenau Doyle Gjellerup

Stevenson Tolstoi Hambruch

Mommsen Lenz Hanrieder Droste-Hülshoff

Thoma von Arnim

Dach Verne Hägele Hauff Humboldt

Reuter Rousseau Hagen Hauptmann Gautier

Karrillon Garschin

Damaschke Defoe Hebbel Baudelaire

Descartes

Hegel Kussmaul Herder

Wolfram von Eschenbach Schopenhauer Rilke George

Darwin Dickens

Bronner Melville Grimm Jerome

Campe Horváth Aristoteles Bebel Proust

Bismarck Vigny Voltaire Federer Herodot

Gengenbach Barlach Heine

Storm Casanova Tersteegen Grillparzer Georgy

Chamberlain Lessing Langbein Gilm

Brentano Gryphius

Strachwitz Claudius Schiller Lafontaine

Katharina II. von Rußland Bellamy Schilling Kralik Iffland Sokrates

Gerstäcker Raabe Gibbon Tschechow

Löns Hesse Hoffmann Gogol Wilde Vulpius

Luther Heym Hofmannsthal Klee Hölty Morgenstern Gleim

Roth Heyse Klopstock Kleist Goedicke

Luxemburg Puschkin Homer Mörike

La Roche Horaz Musil

Machiavelli Kierkegaard Kraft Kraus

Navarra Aurel Musset

Nestroy Marie de France Lamprecht Kind Kirchhoff Hugo Moltke

Laotse Ipsen Liebknecht

Nietzsche Nansen Ringelnatz

Marx Lassalle Gorki Klett Leibniz

von Ossietzky May vom Stein Lawrence Irving

Petalozzi Knigge

Platon Pückler Michelangelo Kafka

Sachs Poe Kock

Liebermann Korolenko

de Sade Praetorius Mistral Zetkin

Theodor Storm

Ein Bekenntnis

Es war zu Ende des Juni 1856, als ich eine alte Verwandte zu ihrem gewöhnlichen Sommeraufenthalt in der Brunnenstadt Reichenhall begleitet hatte, diesem zwischen Felsen eingekeilten Brutnest, von dem man sich nur wundern muß, daß die Ortsleute nicht die Brunnengäste allein dort wohnen lassen. Trotzdem – wir waren gegen Mittag angekommen – als ich nach beendigter Hoteltafel erfuhr, daß meine gute Tante sich zunächst einem Mittagschläfchen und danach dem Auspacken ihrer hohen Koffer und der Einrichtung in dem neuen Quartiere widmen wollte, trieb mich die Langeweile ins Freie, wenn auch der Sonnenschein wie Glut herabfiel. Ich nahm den einfachsten Weg und ging auf der den Ort durchschneidenden Chaussee einige tausend Schritte durch den Paß Lueg, der hier nach Tirol hineinführt. Aber der Tag wie der Ort waren heute zu heiß, zwischen den engen Felswänden waren selbst die Schatten unerträglich; ich kehrte wieder um und ging den Weg zurück. Am Ausgange des Passes durchschnitt ein strudelnder Wasserstrom den Weg; auf der Brücke, die darüber war, stand ich lange und blickte wie zur Kühlung in die unter mir sich vorüber wälzenden Wasser. Dann entschloß ich mich und ging wieder in den unerbittlichen Sonnenschein hinaus; der weiße Staub der Chaussee schimmerte und blendete, daß mir die Augen schmerzten. Als ich wieder im Orte war, bemerkte ich mir zur Rechten eine halb offene Gittertür in einer breiten Laubwand, dahinter einen weiten, mit vielen Bänken und Gartenstühlen besetzten Platz. »Ist das ein öffentlicher Garten?« frug ich einen mir entgegen schlendernden Burschen.

»Der Kurgarten«, war die Antwort.

Ich trat hinein und blickte um mich her: es schien jetzt nicht Besuchszeit hier zu sein, nur einige Kindermägde mit ihren kleinen

Scharen saßen drüben im vollen Sonnenschein; was sie mit den Kindern sprachen oder sich gegenseitig zuriefen, tönte hell über den weiten Platz. Da es aber ein gut Stück über Mittag war, so hatte derselbe auch bereits seine Schattenseite, und dort weiter hinauf unter einem der umgebenden Bäume saß auch schon einer der Brunnengäste, Grau in Grau gekleidet, mit einem breitrandigen Hut von derselben Farbe. Er hatte die Hände auf seinen Stock gestemmt und blickte unbeweglich in die weiße Luft, die über den Akazien an der gegenüber stehenden Seite flimmerte, als ob kein Leben in ihm wäre.

Ich hatte mich, ein paar Bänke vor ihm, unter eine breitblätterige Platane gesetzt und unwillkürlich eine Weile zu ihm hinüber gesehen. Plötzlich durchfuhr es mich, und meine Augen wurden groß: die stattliche Gestalt meines liebsten Universitätsfreundes, von dem ich über ein Jahrzehnt nichts gesehen und gehört hatte, war auf einmal vor mir aufgestanden. »Franz! Franz Jebe!« rief ich unwillkürlich. Er schien es nicht gehört zu haben; es war wohl auch eine Torheit von mir gewesen: der da drüben war wohl fast ein Fünfziger, ich und mein Freund aber waren immerhin noch in den letzten Dreißigern, an denen noch ein Glanz der Jugend schimmert.

Wir waren Landsleute, aber wir hatten uns erst als Studenten kennen gelernt. Er war einer von den wenigen, die schon auf der Universität von den Gleichstrebenden als eine Autorität genommen werden, was bei ihm, besonders hinsichtlich der inneren Medizin, auch von den meisten Professoren bis zu gewissem Grade anerkannt wurde. Im letzten Jahre war er noch Assistenzarzt auf einer Klinik für Frauenkrankheiten, wo es ihm einmal gelang, eine schon aufgegebene Operation glücklich zu vollenden. Was mich mit ihm verbunden hatte, war zum Teil ein von wenigen bemerkter phantastischer Zug in ihm, dem in mir etwas Ähnliches entgegenkam; die Arbeiten von Perty und Daumer über die dunklen Regionen des Seelenlebens ließ er, wenn auch unter manchem Vorbehalte, nicht verspotten. Nähere Freunde besaß er, außer etwa mir, fast keine. Die meisten, welche seiner Fakultät angehörten, schien es zu drücken, daß er so schnell und ruhig mit seinem Urteil fertig war, während sie noch an den ersten Schlußfolgerungen klaubten. Einen einfachen Menschen, in dem aber ein tüchtiger Mediziner steckte, frug ich eines Tages: »Was hast du gegen Franz Jebe, daß du ihm immer aus dem Wege gehst? Ich meine, daß er dich besonders respektiert.«

– Er schüttelte den Kopf.

»Du wenigstens«, fuhr ich fort, »brauchst dich doch durch seine Tüchtigkeit nicht zurückschrecken zu lassen!«

»Meinst du?« erwiderte er; »das ist ein eigen Ding einem Gleichalterigen gegenüber; aber das ist es doch eben nicht bei mir.«

– »Nun, und was sonst noch?«

»Er ist hochmütig!« versetzte er; »das sind keine Leute für mich. Noch gestern in der Klinik, es war ein eigentümlicher Fall von Diphtherie an einem Kinde, das die Mutter uns gebracht hatte. Ich hatte untersucht, und da Jebe dabeigestanden und zugesehen hatte, teilte ich ihm einfach, aber eingehend meine Ansicht mit. Meinst du aber, daß er mich dann auch der seinigen würdigte? Mit einem herablassenden Lächeln sahen mich seine scharfen Augen an; der Zug um seinen schönen Mund wollte mir nicht gefallen.«

So stand er zu den meisten seiner Fakultät; mit mir war es ein anderes: der Mediziner und der Jurist hatten keine Veranlassung, sich aneinander zu messen, und so hatte ich denn bald herausgefunden, daß hinter jener Schwäche ein warmes und wahrhaftiges Herz geborgen sei.

Der graue unbewegliche Mann dort, es konnte kaum Franz Jebe sein; aber was war es denn, daß meine Augen sich immer wieder unwillkürlich zu ihm wandten. Es hielt mich nicht länger, ich sprang auf und schritt langsam ihm entgegen; so mußte er doch mich erkennen, der ich über die gewöhnlichen Veränderungen während reichlich eines Jahrzehntes eben nichts erlitten hatte.

Als ich zwischen ihn und das Stück Himmel trat, in das er wie ins Nichts hineinstarrte, wandte er, wie erschreckt, seine Augen auf mich, und ich fühlte, daß er mich erkenne; dann aber berührte er schweigend, wie zum Gruße gegen einen Unbekannten, den Rand seines Hutes und ließ plötzlich mit einer eigentümlichen Bewegung den Kopf herabsinken, die mir mit einem Mal jeden Zweifel nahm. Wie oft hatte ich dies an meinem Freunde wahrgenommen, wenn wir unter andern waren und ein Gespräch sich aufgetan hatte, von dem er nichts mehr hören wollte.

Ich trat auf ihn zu und legte die Hand auf seine Schulter: »Franz!« rief ich; »du bist es doch; ich lasse mich nicht so leicht vertreiben!«

Langsam erhob er sein mageres Gesicht, und wieder sah er mich an, aber ohne Hast; und bald fühlte ich die Innigkeit, mit der seine Augen an den meinen hingen. »Du hast recht, Hans«, sagte er mit einer mir fast fremden Stimme und griff nach meiner Hand; »ich weiß es wohl noch, wir hielten damals ein Stück aufeinander.«

»Ich denke, Franz, es ist wohl noch heute so!«

Er nickte und zog mich neben sich auf die Bank. »Du hattest mich überrascht, Hans; ich pflege hier allzeit allein zu sein; weiter war es nichts. Aber sprich, wie kommst du hierher, so weit von unserer Heimat, der du als echter Sohn eines alten städtischen Geschlechts so unerbittlich anhingst; bist du nicht mehr dort?«

»Doch – ich habe nur eine alte Tante hergebracht, die ebenso unerbittlich dem hiesigen Brunnen zugetan ist; das sind Herzensgeheimnisse. Aber du, Franz, du hast verspielt, wie man bei uns zu Haus sagt, seit wir uns nicht gesehen haben. Bist du krank und suchst du Heilung in diesem Höllenkessel?«

»Nun, nun«, entgegnete er; »es ist nicht alle Tage so! Ich bin nur hier, um allein zu sein, was zu Haus nicht möglich ist; und ob ich krank bin, das, mein Freund, ist so kurz nicht zu beantworten.«

»So laß es lang sein; wir haben uns ja fast fünfzehn Jahr nicht sprechen hören!«

»Ich fürchte, Hans«, erwiderte er, mich mit halbem Lächeln ansehend, »ich stehe wieder unter dem Bann deiner Liebenswürdigkeit; ich fühle auch: dir kann ich's sagen, ja, ich muß es, was kein Mensch von mir weder je erfahren hat, noch wird. Gehen wir nach meiner Wohnung; in meinem stillen Zimmer wird uns niemand stören, die grauen Schatten der Erinnerung können ungehindert um uns sein.«

Er blickte mich mit ernsten, trüben Augen an: »Nur einem nächsten Freunde kann ich es erzählen; denn Freude ist nicht dabei, ich kann nur eine Last auf deine Schultern legen.«

»So gehen wir«, sagte ich; »ich bin derselbe, den du seit lange kennst.«

Er stand mit einer elastischen Bewegung von seinem Sitze auf, und ich sah mit Freuden, die Gestalt zum mindesten war noch fast dieselbe wie in unserer Jugend. Was mich vor allem an ihm erschreckt hatte, verschwand freilich nicht, und während wir schweigend durch die Gassen schritten, grübelte ich vergebens, was seiner einst so metallreichen Stimme einen Laut beigemischt haben könne, der mich immer wieder an den traurigen Ton einer zersprungenen Glocke erinnerte.

Ich sollte es bald erfahren, denn schon waren wir in eins der ältesten Stadthäuser getreten, das mir Franz als sein zeitweiliges Heim bezeichnete. Sein Zimmer lag zu ebener Erde hinter einem kleinen Korridor; als wir eintraten, blendete mich fast die Dämmerung, die hier herrschte: ein paar Fenster mit kleinen Scheiben gingen auf einen scheinbar außer Gebrauch gestellten Hof, von dem die Seitengebäude jeden Sonnenstrahl abzuhalten schienen; altes Gerümpel, Zuber und Bretter und was noch sonst lagen umher und schienen trotz der draußen kochenden Sonnenhitze feucht zu sein von dem fortdauernden Mangel des Lichts. In der einen Ecke stand ein alter dürftig belaubter Holunderbusch, auf einem seiner Zweige saß, in sich zusammengekrochen, eine Dohle und beschäftigte sich damit, die Augen bald zu schließen, bald wieder aufzumachen. Ich machte meinen Freund darauf aufmerksam.

»Störe sie nicht«, sagte er; »sie ist satt und will nun schlafen.« Dann tat er einen Schritt zur Tür, als wolle er den danebenhängenden Klingelzug ergreifen. »Du willst doch etwas trinken?« frug er.

Ich schüttelte den Kopf. »Wenn du dessen nicht bedarfst?«

»Ich nicht«, erwiderte er hastig und warf sich auf das harte Sofa; »und nun setze dich, Hans!«

Ich drückte mich neben ihm in die andere Ecke, aber er begann noch nicht. »Ich weiß nicht recht«, sagte er, sich mit der Hand über die Stirn fahrend, »wo ich mein schweres Bekenntnis ansetzen soll, nicht recht, wie früh das Leid begonnen hat.«

– »Bist du so zweifelhaft geworden, Franz?«

»Darüber, mein Freund«, entgegnete er, »magst du später urteilen; aber da du alles wissen sollst, so muß ich weit zurück, bis in meine letzte Primanerzeit.

Du bist als Student einmal mehrere Tage mit mir in meinem elterlichen Hause gewesen; der Örtlichkeiten hinter dem mächtigen alten Wohngebäude wirst du dich wohl noch kaum entsinnen. Wenn man aus der Hoftür trat, lag rechts zunächst ein hoher Flügel des Hauses, dann Stallräume und ein Aufgang zum Heu- und Kornboden; zur Linken zog sich der höher gelegene, mit niedriger Mauer und darauf befindlichem Stakete eingefriedigte Garten entlang; hohe Obstbäume reckten ihre Zweige über den darunter liegenden Steinhof, so daß ich mir als Knabe, wie oft, morgens die vom Wind herabgeschüttelten und auf den Steinen geplatzten Gravensteiner sammelte.

Verzeih mir, Hans, ich vergesse mich; aber es ist mein Vaterhaus, und ein Brand hat später das meiste davon zerstört, damals aber stand alles, als sei es immer dort gewesen und müsse immerfort so bleiben. Was zwischen dem Garten und den Baulichkeiten zur Rechten die beiden Seiten des Hofes schloß, war neben dem ersteren der Eingang zu einer unendlichen Rummelei von seit Jahrzehnten verödeten Fabrikgebäuden mit finsteren Kellern, Kammern voll Spinngeweben mit kleinen Scheiben in den klappernden Fenstern und unzähligen sich übersteigenden Böden, über welche wir einmal, mit Gartenstöcken bewaffnet, den Fabrikkobold verfolgten, der uns, wie starr behauptet wurde, mit seiner Zipfelmütze aus einer Dachöffnung angegrinst hatte. Dann folgte das geräumige Waschhaus, durch das man in einen gleichfalls großen abgelegenen Hühnerhof gelangte, der von der Hinterseite der stillen Fabrikgebäude und einiger Nachbarspeicher rings umschlossen war, übrigens außer dem gewöhnlichen Federvieh von mir mit Meerschweinen und Kaninchen, gezähmten Möwen und Bruushühnern, auch wohl mit gefangenen Ratten und Feldmäusen und anderem unheimlichen Geziefer bevölkert zu werden pflegte; nach der Schulzeit war das meine liebste Gesellschaft.

Damit sind die Räume meiner Knabenfreude zu Ende; nur noch der letzte in der Ecke gegen die Heubodentreppe ist zu erwähnen. Wenn man eintrat, war zunächst eine Kammer für Pferdegeschirr und dergleichen, nebst andern kleinen Gelassen; dann aber rechts hinter einer leeren Türöffnung befand sich ein Raum, zur Bergung des Torfes, von ungewöhnlicher Höhe und Flächengröße. Selbst bei Tage herrschte hier meist tiefe Dämmerung, denn nicht allein, daß alle Wände von Torfstaub geschwärzt waren, es war auch nur eine einzige Fensteröffnung hier, aber in solcher Höhe, daß ich darunter mehrere alte Kisten aufeinander gepackt hatte, um dadurch in den darunter liegenden Hühnerhof hinabblicken zu können. Und das geschah nicht selten; nicht nur wenn am Tage Hühner und Kaninchen krächzend und schnubbernd gegeneinander flogen, sondern auch gegen Abend, wenn der Hof leer und schon alles an seinem Nachtort war, wenn nur die Fledermäuse über den Hof flogen und ich meine Mäuse in ihren Kästen an der Mauer knuspern hörte. Manch halbes Stündchen, und auch wohl länger, bin ich so dort gestanden, bis die Nacht herabfiel und mir Beine machte, daß ich in das helle Haus zurückkam.

Von jener Fensterhöhle aus – denn ein Fenster war nicht mehr darin – habe ich ein Gesicht gehabt, das, wie ich mir noch heute nicht verreden kann, mein ganzes späteres Leben bestimmt hat; nur ein Nachtgesicht, das mir mit geschlossenen Augen offenbar ward, denn mein Leib lag in meiner Kammer oben im Wohnhause und von Schlaf bezwungen. Aber gleichviel: ich sah, ich erlebte es.

Mir ist noch wohl erinnerlich, es hatte damals ein Scharlach in der Stadt gewütet, und viele Kinder, besonders männlichen Geschlechts, wurden hingerafft, uns Primaner aber hatte es nicht berührt. Gleichwohl mochte meine Phantasie unbewußt davon ergriffen sein; aber die Seuche war schon im Erlöschen.«

Der Erzähler sah ein paar Augenblicke vor sich hin. »Es war in einer Oktobernacht«, begann er dann wieder; »ich hatte mich lange schlaflos in meinem Bett umhergeworfen, denn vor meinem Fenster, das nach dem Garten hinausging, schüttelte der Sturm die schon halb entlaubten Baumkronen, fuhr dann davon, weiter und weiter, daß es totenstill ward, bis er nach kurzer Weile, wer weiß woher, zurückkam und sich tosender als vorher auf die Bäume und gegen die feste Mauer des Hauses warf. Endlich wurde es schwächer; ich hörte schon nichts mehr, ich stand unten in jenem Torfraum auf den aufeinander gepackten Kisten und schaute durch die schwarze Fensterhöhle in den einsamen Hühnerhof hinab. Es war erste kalte Morgenfrühe, wo noch kein Leben sich regt; auch in den Lüften war es still, und der Hof schien gänzlich öde; ein letztes Dämmern lag noch in den Ecken. Ich weiß nicht, wie es kam, aber plötzlich, mir gegenüber in der Mitte des Hofes, sah ich etwas: in einem Dunste, der aus dem Boden aufzuziehen schien – mir war, ich hätte es einmal an einem schwülen Mittsommerabend auf dem Kirchhof über dem Hügel eines Frischbegrabenen so gesehen – darin stand eine Gruppe von Knaben, einer an dem andern; ihre Arme hingen herab, ihre welken Köpfe lagen schief auf ihrer Schulter, von den Augen sah ich nichts. Aber meine Blicke hafteten nicht auf ihnen; in ihrer Mitte, sie ein wenig überragend, stand die Gestalt eines etwa dreizehnjährigen Mädchens; ein schlichtes aschfarbenes Gewand zog sich bis an ihren Hals hinauf, wo es mit einer Schnur zusammengezogen war. Schön war sie eben nicht; ein etwas fahlblondes Haar lag ein wenig wirr auf ihrem kleinen Kopfe, aber aus den feinen durchsichtigen Zügen ihres Antlitzes blickten ein Paar lichtgraue Augen unter dunklen Wimpern in die meinen, unablässig sehnsüchtig, als solle ich sie nie vergessen; und mit unsäglichem Erbarmen blickten sie mich an: eine verzehrende Wonne überkam mich, ich hätte unter diesen Augen sterben mögen. ›Wer bist du? Was willst du, Holdseligste, die ich jemals erblickte?‹ Aber nur in meinem Innern sprach es so; die Worte blieben Gedanken; ich fürchtete den Blick des geheimnisvollen Kindes zu verlieren; ich konnte auch vielleicht nicht sprechen.

Da war mir, als würde ihr Antlitz undeutlicher; nur aus ihren Augen drang es stärker und, mir schien es, ängstlicher zu mir, aber schon verblaßte alles. Da raffte ich mich zusammen und rief, als ob das Leben mir entrissen würde: ›Bleib, o bleib! Sag, wer bist du! O, sag es, sag es!‹

Ich wartete eine Weile; dann war's, als käme ein Hauch aus den verschwindenden Nebeln zu mir zurück, und nun war alles still und leer, nur einen wirren Laut noch hörte ich; wie mir bald klar wurde, hatte ich ihn selber ausgestoßen; dann erwachte ich. Ein Morgenschimmer spielte schon an den Wänden, aber kein Baumrauschen kam zu mir herein; der Sturm hatte sich gelegt. Ich schloß die Augen und wühlte mich in mein Kissen, ich wollte das Wesen, das sich mir offenbart hatte, das mich mit einer angstvollen Sehnsucht füllte, hinter den geschlossenen Lidern noch behalten.

Als ich um sieben Uhr zum Tee herabkam, strich meine Mutter mit ihrer Hand über meine Stirn: »Du hast nicht gut geschlafen; der Sturm hat dich wohl auch gestört, mein armer Junge!« sagte sie. Ich ließ mir ihre Zärtlichkeit gefallen, suchte ihr möglichst herzlich zuzunicken und eilte dann in die Klasse.

Mein Kopf mag noch halb im Taumel gewesen sein; als ich den Absatz der Treppe, die nach unserer Prima hinaufführte, erreicht hatte, blieb ich unwillkürlich stehen und griff nach dem hinauflaufenden Geländer, als ob ich eines Halts bedürfe: die Augen des Nachtkindes hatten mich wieder angesehen; mir war, als ob das Geheimnis des Weibes sich mir plötzlich offenbaren wolle. Von unten hörte ich Schritte heraufkommen, ich wußte auch, daß das der Rektor sei; ich fühlte, wie er seine strengen Augen auf mich wandte, und hörte gleich darauf, wie droben die Klassentür aufgemacht und wieder zugedrückt wurde. Endlich ließ meine Hand das Geländer fahren, und ich ging in die Schulstube und setzte mich still an meinen Platz. Einige fragende Blicke des Rektors streiften mich; ich aber bemühte mich ernstlich, mich aus der Welt des Traumes in die poetische der sophokleischen Antigone zu versetzen.

Aber die Grübelei, die schwärmerische Versenkung begleiteten mich auch ferner; es war mir – vergiß mein Jünglingsalter nicht – unmöglich, jenes Nachtgesicht nur für ein Erzeugnis des eigenen Innern anzusehen. Aber wer war denn jenes geheimnisvolle jungfräuliche Kind? Schon bei der Erinnerung an sie fühlte ich einen süßen Schauder durch alle meine Nerven rieseln. War sie ein Genius des Todes, der mich im Traume zuvor noch einmal mitleidig angeschaut hatte? Ich versenkte mich immer tiefer, ich stellte mir lebhaft vor, daß ich in meinem letzten Augenblick sie wiedersehen, daß ich vielleicht mit jenen toten Knaben sie begleiten könnte. Aber waren diese nicht nur eine Beigabe, die meine eigene Phantasie ihr gegeben hatte, ein Rest des Eindrucks, den das Knabensterben in unserer Stadt mir hinterlassen hatte?

– – So sah es damals in mir aus – du könntest wohl lachen, aber tu es nicht, Hans! – So viel übrigens ist mir später klar geworden: ein Glück, daß es damals noch keine Maturitätsexamina auf unserer Schule gab; ich wäre derzeit schwerlich durchgekommen.«

Schon mehrmals, während Franz erzählte, hatte ich es vom Hofe her an die Scheiben pochen hören; jetzt geschah es wieder in verstärktem Maße. Ich wandte mich und sah nun, daß die Dohle mit ihrem starken Schnabel dies Geräusch hervorbrachte.

Mein Freund war aufgestanden. »Ja, Klaas«, rief er »das hilft nun nicht!« und zu mir sich wendend, setzte er hinzu: »Die arme Kreatur ist eifersüchtig; sie hat in den vier Wochen, die ich hier nun zugebracht habe, mich mit niemandem als mit ihr selber reden hören – und die Unvernünftigen haben feinere Ohren als wir Menschen!«

Ich sah ihn an: solche Intimität zu Tieren hatte ich nie bei ihm vermutet; er mußte sehr vereinsamt sein. Ich schwieg indes, und Franz nahm aus einem Kästchen, das auf einem Eckschrank stand, eine Hand voll Futter und warf es, nachdem er den freien Fensterflügel geöffnet hatte, auf den Hof hinaus. Fast gleichzeitig war auch das Krähentier von den Scheiben fortgeflattert und machte sich, ein paar häßliche Laute ausstoßend, über die Futterstücke her. Franz sah wie abwesend dem ein Weilchen zu; dann setzte er sich langsam wieder zu mir in das Sofa und rieb sich mit der flachen Hand die Stirn.

»Ja, Hans«, begann er dann aufs neue, »es war damals so ganz anders, wir müssen manches Jahr zurück. – Ich bekam trotz alledem ein braves Abgangszeugnis; der gute Rektor, dessen Gunst ich einige Jahre schon besaß, hatte mir die Zerstreutheit der letzten Monde nicht angerechnet; nur einmal hatte er gesagt: »Lieber Jebe, vergessen Sie nicht, Sie sind zurzeit noch immer hier in unserer Prima; es tut nicht gut, wenn die Gedanken den gegenwärtigen Pflichten zu sehr vorauseilen!« Er glaubte, die bevorstehende Universitätsfreude habe mir den Kopf befangen.

Dann kam sie wirklich, die Hochschule mit dem flotten Korpsleben und den vielen Professoren, mit all den neuen Eindrücken, die ich oft widerwillig genug empfing, und als so manches Unliebsame abgeschüttelt war, im dritten und den folgenden Semestern mein Studium, das ich freilich ernsthaft genug betrieb. Unter diesem neuen Leben verschwand so vieles, dem ich ewige Dauer zugetraut hatte; nur eines nicht: der Eindruck jener kindlichen Luftgestalt, die ich nur im Traum gesehen hatte, lag unverrückbar im Grunde meiner Seele; keine der halb- oder vollgewachsenen Schönen, die meinen Mitstudenten das Hirn verwirrten, konnte ihn erschüttern. Freilich, tief lag es, und niemand, ich selber wußte oft nicht darum; auch als du dann zu mir tratst und wir vertraut wurden, wie es mir mit keinem noch geschehen war, ja selbst, wenn wir in jene geheimnisvolle Region des Seelenlebens uns einmal verloren – mein eigen Nachtgesicht barg ich nur um so fester, wie im Innersten meines Lebens, gleich einem heiligen Keim, den ich vor aller Störung meiner Zukunft zu bewahren hatte.

– – Du weißt, Hans, daß ich nach beendigten Studien mich als Arzt, speziell für Frauenkrankheiten, in der Stadt niederließ, die noch gegenwärtig mein Wohnort ist. Ich war dabei nicht zaghaft, ich war mir bewußt, das Meinige gelernt zu haben; ich vertraute mir, ich war von vornherein zuversichtlich. Auf der Universität hatte mir das bei vielen den Ruf des Hochmuts eingetragen; jetzt erwarb ich dadurch den eines tüchtigen Arztes, der am Krankenbett nicht erst zu suchen und bei seiner Heimkehr erst in seinen Kompendien nachzulesen brauche. Was, recht besehen, ein Frevel in mir war, das brachte mich hier zu Ehren: am Leichnamen hatte ich den innern Menschen kennen gelernt, so daß mir alles klar vor Augen lag, und wie mit solchen rechnete ich mit den Lebendigen; was war da Großes zu bedenken!

Bald mußte ich mir die schwarze Doktorkutsche, bald genug einen Assistenzarzt zulegen; ich wurde der erste Arzt der Stadt und bin es vielleicht auch jetzt noch.

Unter solchen Umständen konnte von einer Teilnahme an geselligem Verkehr nicht viel die Rede sein; nur das Haus eines früheren Patienten, eines Rechtsanwaltes – Wilm Lenthe heißt er –, der um einige Jahre älter sein mochte als ich, machte davon eine Ausnahme. Ich pflegte ein paarmal in der Woche meine Abende dort zu verleben und währenddes meine Praxis, außer in besonderen Fällen, meinem Assistenten zu übertragen. Wenn der gleichfalls Vielbeschäftigte abends um acht Uhr in das einfache, aber behagliche Wohnzimmer trat, hatte seine liebenswürdige Frau, die zu hören und zu reden verstand, den Tee schon für uns bereit, und wir beide von der Tagesarbeit Ermüdeten drückten uns schweigend jeder in eine Sofaecke, bis die Belebung durch den chinesischen Trank unsere Nerven und unser Gespräch lebendig machte. Es war mir erquicklich, wie einst, Hans, wenn ich auf der Treppe zu meiner Studentenkneipe spät abends deinen Tritt vernahm und dann schleunigst meine Arbeit beiseite packte. Wie damals unsere Zwei-, so wurde auch hier die Dreizahl fast nie durch einen neuen Gast gestört.

Da eines Herbstabends, wie ich auf ein lebhaftes »Herein« die Tür des Wohnzimmers öffnete, drang eine ungewohnte Helligkeit mir entgegen; ich sah, daß eine größere Lampe auf dem Tische brannte und daß außer dem Ehepaar eine mir unbekannte junge Dame in aschfarbenem Linnenkleid zugegen war, welche bei meinem Eintritt die Teeschenke zu versehen schien. Die Hausfrau kam mir entgegen: »Da ist er, der Erwartete!« rief sie, und die junge Dame an der Hand herbeiziehend, fügte sie hinzu: »Unsere Freundin Else Füßli; wie Sie dem Namen anhören, eine Schweizerin, und was Sie interessieren wird, aus der Familie, der auch Heinrich Füßli angehörte, dem zuerst die Darstellung des Unheimlichen in der deutschen Kunst gelang; Sie sehen, ich habe genau behalten, was Sie und mein Wilm mir neulich auseinandersetzten, da wir jenen Füßlischen Nachtmahr, der dort in der Ecke hängt, vor uns auf den Teetisch genommen hatten.«

»Er war mein Großoheim«, sagte das Mädchen bescheiden.

»Und nun kommen Sie zum Tee!« fuhr meine ältere Freundin fort. »Sie brauchen nicht vorgestellt zu werden, denn Elsi wußte, daß wir unseren Freund, den Doktor Jebe, erwarteten.«

Dieser Redestrom, wohl eine Freude über den anmutigen Besuch, kam mir zustatten, denn ein geheimnisvoller Schrecken, zugleich die Empfindung eines schicksalschweren Augenblickes und eines betäubenden Glückes hatten mich getroffen; es war wie damals auf der Treppe unserer alten Gelehrtenschule: alles um mich her war vergessen, aber vor mir im hellen Lampenlichte sah ich die Augen und das blasse Antlitz meines Nachtgesichtes.

Jetzt war mir Zeit geworden, mich zusammenzuraffen; ich vermochte ein paar Worte zu der Fremden zu sprechen, dann gab ich meinem Freunde die Hand und setzte mich auf den gewohnten Platz. Die Schweizerin saß mir gegenüber, ein wenig zurück und etwas in dem Schatten unserer Hausfrau; ein zärtliches Licht fiel aus ihren Augen, wenn sie, was oft geschah, dieselben zu ihr kehrte. Mich streiften diese lichtgrauen Sterne nur ein paarmal und wandten sich dann scheu zur Seite, aber mir war, als ob sie heimlich prüfend auf mich sahen. Ich erfuhr im Gespräche, daß Fräulein Else eine Waise, daß ihr Vater ein Mann gewesen sei, der nach den Sonderkriegen auf eidgenössischer Seite sich hervorgetan habe; auch wo sie selber mit unseren Wirten sich kennen und liebhaben gelernt hatte. Ich hörte das alles, aber es ging an mir vorüber; ich sah an diesem Abend das Mädchen doch nur im Scheine des Wunders – mir war, als habe ein Dämon, der meinige, sie, wer weiß woher, hier in das Haus meiner Freunde gebracht.

»Ich habe dir«, unterbrach sich Franz, »von meinem jugendlichen Traumgesicht, das sich vielleicht nur aus dem Eindruck des damaligen großen Sterbens und einer kaum geahnten Sehnsucht nach dem Weibe erzeugt hatte, nur gesprochen, um dich es mitfühlen zu lassen, wie tief der Anblick der Fremden mich erregen, wie eigen und innig eine Ehe mit ihr sich gestalten mußte; denn wenn es für unser Leben etwas Ewiges geben soll, so sind es die Erschütterungen, die wir in der Jugend empfangen haben. Sonst freilich war es eben nichts Außerordentliches, daß ich einmal einem Weibe begegnete, welches mich so lebhaft an meine Traumgestalt erinnerte, daß ich im ersten Augenblick und noch in manchen späteren beide nicht von einander zu trennen vermochte. Jedenfalls, auf mich hatte dieses erste Sehen einem elektrischen Schlage gleich gewirkt; und«, fügte er leiser hinzu, »was wissen wir denn auch von diesen Dingen!

Ich will dich mit unserer Liebesgeschichte nicht aufhalten, Hans; du wirst es auch schon empfunden haben, es kam so und mußte so kommen, daß Else oder Elsi, wie sie genannt wurde, und ich uns nach wenigen Monaten verlobten und etwas später zur Freude unserer trefflichen Freunde unsere stille Hochzeit in ihrem Hause feierten.«

Der Erzähler schwieg eine Weile; auf seinem Antlitz war ein Lächeln, als blicke er in eine selige Vergangenheit. »Ich hatte nun mein Nachtgespenst geheiratet«, begann er wieder, fast wie traumredend; »es war ein Glück! – o, ein Glück! – – Ich hatte einst den Fouquéschen Ritter Huldbrand beneidet, wie er mit einer Undine seine Brautnacht feiert; ich hatte nicht gedacht, daß dergleichen unter Menschen möglich sei.

Lache mich nur aus, Hans! Was soll ich dir sagen? Mein Glück ging über jeden Traum hinaus. – Es war so manches Eigene, Fremdartige an ihr, das mich im ersten Augenblick verwirrte und mich zugleich entzückte; ich hatte ja auch nichts anderes erwartet.

In unserem Garten – ich hatte längst mein eigenes Haus – waren weite Gänge zwischen schon hochgewachsenen Tannen und anderem Gesträuch; dazwischen Rasenplätze mit Einschnitten, in denen, je zu ihrer Zeit, die Frühlingsblumen und im Hochsommer Rosen und Levkoien blühten und den Garten mit Duft erfüllten. Hier pflegte ich nach Rückkehr von meinen Berufsgängen sie oftmals aufzusuchen, und so geschah es auch an einem schönen Vormittage gegen Ende des April, des ersten Frühlingsmonats, den wir miteinander lebten. Ich fand sie, da sie eben, langsam schreitend, einen der längsten Tannengänge hinaufkam; aber da wir uns Aug in Auge trafen, sah ich, daß sie mir entgegenfliegen wolle.

»Halt, Elsi!« rief ich und erhob abwehrend meine Hand; »geh langsam, ein Schmetterling, ein Pfauenauge, sitzt in deinem Haar; du trägst den ersten Frühlingsboten!«

»Ja«, sagte sie, »die kommen gern; aber sie sind so furchtsam nicht.« Sie mäßigte gleichwohl ihren Schritt und kam mir langsam entgegen, indes der Papillon auf ihrem blonden Scheitel behaglich seine schönen Flügel hob und senkte. Und jetzt erst sah ich: auch unsere junge schneeweiße Katze, die sie eines Abends im Schnupftuch von Frau Käthe heimgebracht hatte, war in ihrem Gefolge;

zierlich eins ums andere die Pfötchen hebend, ging sie dicht hinter ihrer Herrin, das Köpfchen aufreckend und bei jedem Schritte ihr auf die kurze Schleppe ihres Kleides tretend. Ein Märchenbild; das Seltsame war nur, daß es in einer Reihe von Tagen sich ganz in derselben Weise wiederholte.

»Was machst du für Faxen, Elsi!« rief ich endlich lachend, »bist du eine Undine, eine Elbe, eine Fee? Was bist du eigentlich?«

»Und das weißt du noch nicht?« frug sie, und der Strahl der grauen Augen zitterte in den meinen.

Ich schüttelte den Kopf: »Du bist so unergründlich!«

Da flog sie in meine Arme: »Dein bin ich, nichts als dein! Weißt du es nun?«

Ich hielt sie fest: »Ich weiß es«, sagte ich.

Aber der Schmetterling aus ihren Haaren war davongegaukelt; nur die Katze, das Tier der Freia, der Göttin des häuslichen Glückes, blieb in unserer Nähe.

– – Es war nicht lange nachher, als wir beide eines Abends im Gartenssal unserer Freunde am Teetische saßen. Frau Käthe hatte gleich bei unserem Eintritt einen mütterlichen Blick auf mich geworfen und mir einen besonders bequemen Lehnstuhl angewiesen, was ich dankend annahm, da ich mich heute mehr als sonst ermüdet fühlte. Wir plauderten, aber meine Worte fielen etwas sparsamer als gewöhnlich. »Du hast wohl einen strammen Tag gehabt?« sagte Freund Lenthe; aber bevor ich antworten konnte, war meine Frau bei mir und legte beide Arme um meinen Nacken: »Franz, dir fehlt etwas!« rief sie, und ihre Stimme klang, als ob sie zürne, daß mir, der nur ihr gehörte, von andern ein Leides angetan sein könne.

Ich strich sanft über ihren Scheitel: »Geh an deinen Platz, Elsi! Mir fehlt nichts; niemand hat mich gekränkt!« Ich drückte ihr heimlich die Hand; da ging sie schweigend wieder zu ihrem Stuhl, aber mit rückgewandtem Haupte, und ihre erschreckten Augen hingen an den meinen.

»Sieh mich nicht so sorgvoll an!« sagte ich; »was mich heute mehr als billig erregt hat, ist nur ein Fall aus meiner Praxis: unsere alte Grünzeughökerin, Mutter Hinze, die ihr alle kennt, ich möchte sagen, sie leidet mehr, als ein Mensch ertragen kann; ich war zuletzt noch eine volle Stunde bei ihr, und – ein Arzt ist am Ende doch auch nur ein Mensch!«

»O«, rief Elsi und hielt sich, wie zum Schutze, ihre beiden kleinen Hände vor den Mund, »ich könnte nicht, ich würd vor Mitleid sterben!«

»Sie sollen auch nicht, liebe Frau!« sagte Lenthe lächelnd: »Sie sind kein Arzt; bei denen und den Advokaten pflegt die uns gleich überfallende Denkarbeit das Mitleid zu verzehren.«

»Ja, Lenthe«, entgegnete ich, »aber auch das hat seine Grenzen; und übrigens ist es bei uns Ärzten auch noch ein anderes als nur das Mitleid; wie oft flog es mir beim Anblick solcher Leiden durch den Kopf: Das ist menschlich, binnen heut und kurzem kannst auch du so daliegen; es ist nur ein Spiegel, in dem du dich selber siehst!

Aber das war es diesmal nicht!«

Lenthe sah mich fragend an.

»Glaub mir«, sagte ich, »ich sah nichts als die vergebens mit ihren Schmerzen ringende Alte, die mit ausgespreizten Händen in die Luft stieß und, als wolle sie sich Hülfe rufen, die Kiefern aufeinander schlug, aber nichts hervorbrachte als so grauenhafte Laute, daß ich bis jetzt sie im Umkreis des Lebendigen nicht für möglich gehalten hätte.«

Als Lenthe mich um näheres befragte, hatte ich mich ganz ihm zugewandt und teilte ihm noch mehreres über diesen mich wissenschaftlich und menschlich beschäftigenden Fall mit. Da kam Frau Käthes Stimme wie vorsichtig zu mir herüber: »Doktor«, sprach sie, »Ihre Frau!«

Als ich aufblickte, sah ich Elsi bleich und mit geschlossenen Augen in den Armen ihrer Freundin. Ich ging zu ihnen, und da es nur eine leichte Ohnmacht war, so wurde sie bald beseitigt. Da sie sich wiedergefunden hatte, brachte sie hastig ihre Lippen an mein Ohr: »Verzeih mir, Franz!« flüsterte sie, »ich kämpfte, ich konnte nicht dagegen!« Ihre Augen begleiteten mich schmerzlich, als ich nach einer beschwichtigenden Liebkosung auf meinen Platz ging.

Aber die Behaglichkeit des Abends war gestört und wollte sich nicht wieder herstellen. Als wir früh nach Hause gingen, klammerte sich Elsi an meinen Arm und atmete stark, als ob sie in dem Halbdunkel der Gassen mir etwas bekennen oder anvertrauen wolle und doch nicht dazu kommen könne.

Ich wollte ihr zu Hülfe kommen, ich sagte: »Was fiel dir ein, Elsi, daß du nach deiner Ohnmacht mich um Verzeihung batest? Das hätte meine Bitte an dich sein sollen, da ich diese Schrecknisse in Frauengegenwart vorbrachte.«

Aber sie schüttelte den Kopf und lehnte sich nur fester an mich: »Nein, Franz, sprich nicht so; ich fühle eine Schuld; nicht weil es so ist, denn dafür kann ich nicht, nein, weil ich dir's nicht sagte, bevor ich des berühmten Arztes Frau wurde. Ich habe manchmal heimlich gezittert, daß es sich dir verraten möchte, und du mußt es ja doch wissen. O Franz, ich bin ein feiges Geschöpf, aber mein Leib hat nie von Schmerz gelitten, so daß ich, wenn andere klagten, mir oft als eine fast Begnadete erschienen bin; dafür aber bin ich mit einer Todesangst vor aller Körperqual behaftet. Als eine jüngere Schwester von mir geimpft werden sollte und ich den Arzt die Lanzette hervorholen sah, bin ich fortgelaufen und habe mich in einem Hinterhöfchen so tief zwischen alte Fässer versteckt, daß man erst spät am Abend mich dort auffand und halb tot vor Angst hervorzog. Als du von unserer unglücklichen Alten sprachst, da war es plötzlich nicht mehr sie, ich war es selbst, in der die schaudervollen Schmerzen wühlten; o!« und sie stand still und stöhnte, als ob das Gefühl ihr wiederkomme; »sollte in Wirklichkeit mir das bevorstehen«, rief sie, mich zum Fortgehen treibend, »ich weiß, ich glaube es bestimmt zu wissen, die Angst würde mich töten, bevor die Qualen ihre Klammern in meinen armen Körper setzten!«

»Möge das nie geschehen!« sagte ich und schlug den Arm um ihre Hüfte. »Aber was schiltst du deine Feigheit! Die übermäßige Tapferkeit der Frauen war niemals meine Leidenschaft.«

Sie antwortete nicht darauf, als hätt ich nur um ihretwillen so gesprochen; sie sagte nur: »Nun weißt du es, Franz; liebst du mich noch?«

»Nur um so mehr, Elsi, da ich dich auch hier zu schützen habe.«

Dann hatten wir unser Haus erreicht.

– – Als ich am andern Mittag in die Eßstube trat, kam mir Elsi ein wenig erregt, aber mit auffallend heiterem Angesicht entgegen.

»Nun«, rief ich, »was hast du? Ist ein Glück in unser Haus gefallen?«

»Ich habe nichts«, sagte sie, »oder – ich will nicht lügen – du darfst es noch nicht wissen!«

Ich hob drohend den Finger: »Weißt du schon nicht mehr, wie dich Geheimnisse drücken?«

»Nein, Franz, so ist es nicht; um ein paar Tage sollst du alles wissen! Vielleicht auch bin ich nur so froh, weil du gestern meine Schuld so liebreich von mir nahmst.«

»Und statt des großen hast du nun glücklich ein kleines Geheimnis dir gewonnen; o, ihr Weiber!«

Sie faßte mich um den Hals: »Laß mich's behalten; nur die paar Tage noch!«

»Nun«, sagte ich lachend, »du wirst schon wissen, wie weit meine Langmut reicht!«

Da nickte sie mir zu: »Gewiß, ich will auch gnädig sein!«

– – Ein paar Tage waren hingegangen, und diese erregte Heiterkeit hatte mich jedesmal empfangen; ich glaubte nun bald dort zu sein, wo das Siegel mir gebrochen werden sollte. Da ich aber eines Mittags ins Haus trat, fand ich Elsi weder im Wohn- noch im Eßzimmer, auch draußen nicht. Auf meine Frage an die Hausmagd wurde mir berichtet: »Frau Doktor sind unwohl und haben sich ins Bett gelegt; Frau Rechtsanwalt leisten ihr Gesellschaft.«

Ich lief schnell die Treppen hinauf nach unserem Schlafzimmer und sah beim Eintritt schon Frau Käthe an Elsis Bette sitzen. »Ja, Doktor«, rief sie mir entgegen, »da liegt unser junger Übermut! Ich denk, Ihr Anblick wird sie wohl am schnellsten heilen.«

»Den Übermut«, sagte ich, »müssen Sie zuerst an meinem zaghaften Weibe entdeckt haben!«

»Das wäre möglich, Doktor; aber haben Sie Lateiner nicht ein Sprichwort, daß die Natur selbst mit der Furke nicht herauszutreiben sei?«

»Nun, und?«

»Und? – Ja, wart nur, Elsi«, unterbrach sie sich und ergriff deren beide Hände, die sie vom Bett aus mir entgegenstrecken wollte, »ich will es schon erzählen: Sie müssen nämlich wissen, Doktor, dies junge zarte Geschöpf ist seit jenem Ohnmachtsabend in unserem Hause an jedem Vormittage und – nicht wahr, Elsi? – hinter dem Rücken ihres ärztlichen Ehemannes bei jener schrecklichen Patientin, der alten Hinz, gewesen, um sie zu trösten, zu erquicken – vor allem aber, um diesem Ehemann zuliebe eine Radikalkur gegen die Weichheit ihrer eigenen Seele zu vollbringen; da hat nun aber die arme Alte heute ihren Anfall bekommen und diese Kur damit ihr vorschnelles Ende gefunden. Sehen Sie nun selber, wie Sie mit ein wenig Kunst und Liebe den Schaden heilen, den die Rache der Natur unserem Kinde zugefügt hat.«

Ich hatte mich indessen auf den Rand des Bettes gesetzt; ich sah, daß Else stark geweint hatte, und ihr Puls schlug wie im Fieber. Sie legte ihre heiße Stirn auf meine Hände: »Es ist so, Franz, wie Käthe es dir gesagt hat, und das ist die traurige Lösung meines Geheimnisses; ich wollt dir eine Freud machen, und es ist nun Trübsal.«

Ich suchte sie zu beruhigen, da sie wieder in Tränen ausbrechen wollte. »Du bist in die Gefahr hineingegangen«, sagte ich, »und das war Tapferkeit genug; was du mehr wolltest, lag außer den Grenzen deiner Kraft. Daß du es mir zuliebe gewollt hast, dafür lieb ich dich um so mehr, aber versuchen wollen wir es nicht wieder. Bleib nur heute ruhig, so kannst du morgen schon das lateinische Sprichwort von der Furke lernen!«

Und Elsi lächelte mich dankbar an.

– – Den lateinischen Vers, ich meine: des Horaz, lernte sie wirklich am andern Tage schon, während wir beide miteinander im Garten auf und ab wandelten; sie lernte ihn sogar auswendig.

»Naturam expellas furca, tamen usque recurret. Siehst du«, sagte sie, »nun kann ich's auch!«

Nach diesem Scherze gab ich ihr Ersatz für die verlorene Liebesmühe; statt der endlich verstorbenen Mutter Hinze wies ich ihr eine Anzahl ungefährlicherer und doch gleich hülfsbedürftiger Kranken zu, an denen sie nun ihr Erbarmen übte. Und es ward ihr bald zu Stolz und Freude. »Aber Elsi«, rief ich eines Tages, da die Suppe eher auf den Tisch als sie ins Haus kam, »du läßt ja heut lange warten!«

»Ja, Franz«, und es klang wie eine amtliche Wichtigkeit aus ihren Worten: »ich habe auch drei kranken Kindern vorgelesen: Fanferlieschen Schönefüßchen, von den Bremer Stadtmusikanten und dann das wirklich wahre Märchen von Jorinde und Joringel!«

»Das ist ein anderes«, sagte ich; »dann laß uns zu Tische gehen!« und ich nahm den lieben Arm in den meinen.

Nicht verschweigen will ich, daß Elsis neue Liebesmühen meinem Heilverfahren oft nicht unwesentlich zu Hülfe kamen.

So waren drei Jahre etwa uns vergangen; schnell, wie das Glück es an sich hat. Immer wieder tauchte von Zeit zu Zeit von dem nur ihr so Eigenen auf, aber es war stets anmutig, und wenn ich eben aus der nüchternen Welt zurückkam, so war mir oft, als stamme es aus andern Existenzen.

So, als ich sie an einem sonnigen Oktobermorgen zwischen unseren Tannen wandeln fand, wo sie, wie in ihr Werk versunken, die Fäden der über den Weg hängenden Herbstgespinste auf ein zusammengelegtes Rosakärtchen wickelte und mir dabei, nicht einmal ihre Augen hebend, entgegenrief: »O bitte, Franz, geh doch den andere Weg!« oder wenn sie mich bat, einer ungeheuren Kröte, die in unserem Garten ihre Höhle hatte, doch kein Leids geschehen zu lassen, denn wer wisse, was hinter jenen goldenen Augen stecke! Und einmal – ich hatte noch nie mit meiner Frau getanzt; ein Arzt wird manchem abgewandt, auch wenn er es früher leidenschaftlich betrieben hat; einmal aber kam ein großer öffentlicher Ball, bei dem, wie ich meinte, auch wir beide nicht fehlen durften. Die Damen der ganzen Stadt waren in Aufregung; in welche Tür mein ärztlicher Schritt mich führen mochte, überall sah ich Wolken weißer oder lichtfarbiger Stoffe auf den Tischen, und oftmals störte ich die heiligsten Toilettengespräche. – Nur in meinem Hause war nichts dergleichen; nicht einmal ein Wort darüber hörte ich. »Nun, Elsi«, frug ich endlich, »willst du nicht auch beginnen?«

»Ich? O, ich werde leicht fertig!«

– »Und brauchst du kein Geld dazu? Ich hab gesehen, daß unsere andern Damen es nicht sparen!«

»Wenn du mir geben willst: ich brauch nicht viel!«

Ich hatte vier doppelte Friedrichsdors vor ihr auf den Tisch gelegt, aber sie strich lächelnd drei davon in ihre Hand und gab sie mir zurück; dann nahm sie den letzten: »Der reicht«, sagte sie, »laß mich nur machen!«

Am Ballabend bat sie mich: »Franzele, du kleidest dich unten in deinem Zimmer an?«

»Willst du uns scheiden, Elsi?«

»Nur für ein Stündchen!«

– – Und es war noch nicht verflossen, da pochte ihr Finger schon an meine Tür. »Herein, holde Elfe!« rief ich, und da stand sie vor mir mit all ihren Toilettenkünsten; ich hatte nicht gedacht, daß sie so einfach waren. Ein möglichst schlichtes Kleid, lichtgrau, von einem weichen durchsichtigen Stoffe, ging bis zum Hals hinauf; als einziger Schmuck umgab ihn eine Schnur von echten Perlen, das einzige Angedenken von ihrer längst verstorbenen Mutter; über den Hüften umschloß ein silbernbrokatener Gürtel die schlanke Gestalt. Das war alles – wenn du den blonden Knoten ihres seidenen Haares nicht rechnen willst, der das schöngeformte Haupt fast in den Nacken zog. Ich betrachtete sie lange, während ihre Augen zärtlich fragend nach den meinen suchten.

»Ja, Elsi«, rief ich, und ich konnte es nicht lassen, sie stürmisch in meine Arme zu schließen, »du bist schön, zu schön fast für ein Menschenkind! Aber – ist das ein Ballanzug?«

»Ich weiß nicht«, sagte sie lächelnd; »ich hab mich nun so angezogen, und da du sagst, daß es schön ist...«

»Laß doch«, rief ich, »mir ist es recht; aber was werden die Damen sagen?«

In diesem Augenblick hörte ich den Wagen vorfahren, und wir rollten nach dem Saal der Harmonie.

– – Es war eine der dem Arzte gewöhnlichen Mißschickungen, daß, noch bevor wir eingetreten waren, ein Bote mich im Vorsaal ereilte, welcher mich dringend zu einem meiner alten Patienten berief, der von einem Schlaganfall betroffen sei. Ich führte meine Frau sogleich in den Tanzsaal, zu unserer Frau Käthe, die ihr schon bei unserem Eintritt zugewinkt hatte; sie ließ einen hellen Blick über Elsis Gestalt schweifen: »Du bist apart«, flüsterte sie, »aber entzückend!« dann gab sie ihr Raum neben sich und machte sie mit ihrer einen Nachbarin bekannt, die meine Frau noch nicht gesehen hatte. Aber ich mußte fort; noch sah ich, wie die Weiber ihre Augen auf sie wandten, wie aus einem Haufen der Tänzer mit einer Kopfwendung oder leisem Fingerzeig auf sie gedeutet wurde und, da plötzlich die Tanzmusik einsetzte, mehrere derselben auf meine schöne Elbin zusteuerten; dann, nach einem hastigen Händedruck von ihr, ging ich in die kalte Nacht hinaus.

– Als ich spät, ich hörte hinter den Gassen schon die Hähne krähen, in den Tanzsaal zurückkehrte, flog Elsi mir entgegen: »Wo stand der Tod?« frug sie ernst, »zu Häupten oder am Fußende?«

»Nach dem Märchen«, erwiderte ich, »stand er zu Häupten; der alte Herr ist diesmal noch vor ihm bewahrt. Aber du hast ja gar keine heißen Wangen, Elsi; hast du nicht viel getanzt?«

»Gar nicht!« sagte sie.

»Was sagst du? – Und weshalb denn nicht?«

»Ich mochte doch nicht tanzen, indes du mit dem Tod verkehrtest! Auch«, und sie hob sich zu meinem Ohr, während wir in der Tanzpause im Saale auf und ab gingen, und flüsterte: »weißt du, Franz, ich tanz nicht gern; wohl einmal so mit einer jungen Sechzehnjährigen, nicht mit Männern; sie tanzen so schwer, das macht mich krank!«

Da fiel die Musik ein, und der Saal ward plötzlich wieder lebendig. »Komm, Franz!« rief sie; »nun laß uns tanzen; es ist der letzte auf der Karte, da können die andern mich nicht mehr plagen!«

»Aber du magst ja nicht mit Männern tanzen!«

– »O, wie du reden kannst! Ich bin ja dein!«

»Und was sollen deine Abgewiesenen sagen?«

»Ich weiß nicht. Wir wollen tanzen!«

Und wir tanzten miteinander; nur dies eine Mal in unserem Leben. Du weißt, Hans, ich war einst ein leidenschaftlicher Tänzer, und ich meine, auch kein ungeschickter; aber jetzt war mir, als würden meine Füße beflügelt, als ströme eine Kraft, die Kunst des Tanzes, von meinem Weibe auf mich über, und dennoch – mitunter befiel mich Furcht, als könne ich sie nicht halten, als müsse sie mir in Luft zergehen.

»O, das war schön!« hauchte Elsi; »wie liebe ich dich, Franz!«

Ich ließ das alles wie einen stillen Zauber über mich ergehen, denn – und das gehört wohl noch zu dem Bilde dieser Frau – der Haushalt ging desungeachtet unter ihren Händen wie von selber; ja, ich habe nie gemerkt, daß überhaupt gehaushaltet wurde; es war, als ob die toten Dinge ihr gegenüber Sprache erhielten, als ob sie ihr zuriefen: »Hier in der Ecke steckt noch ein Häufchen Staub, hier ist ein Fleck, stell hier die Köchin, hier die Stubenmagd!« Es war wie im Märchen, wo es dem Kinde beim Gange durch den Zaubergarten aus den Apfelbäumen zuruft: »Pflück mich, ich bin reif!« – »Nein, ich noch reifer!« – Von der Wirtschaftsunruhe, an der so viele Ehen kranken, habe ich niemals was erfahren. Doch ich habe weiter zu berichten, denn die Zeit des Glückes war nur kurz.

– – Es war an einem Maiabend unseres vierten Ehejahres, als ich von einer ermüdenden Praxis nach Haus zurückkehrte. Da es still und mild war, ging ich zunächst in den Garten, wo ich bei solchem Wetter und um diese Zeit meine Frau zu finden pflegte; ich ging die Steige durch die Tannen, zuletzt noch unten nach dem Rasen, der, wie wir schon im Herbst bemerkt hatten, ganz mit Veilchen durchsetzt war; aber die bescheidenen Blumen, die um Mittag den Platz mit Duft erfüllt hatten, waren in der herabsinkenden Abenddämmerung kaum noch sichtbar. Es war hier alles leer; auch Else war nirgend zu sehen, und so wandte ich mich und ging wieder dem Hause zu. Als ich nach den beiden Fenstern unseres Wohnzimmers hinaufblickte, die hier hinaus im oberen Stocke lagen, sah ich, daß sie ganz von dunklem Abendrot wie überströmt waren; aber auch dort schien es einsam. Niemand schaute hinter ihnen zu mir hinab.

Unwillkürlich nahm ich meinen Weg dahin, nicht ahnend, welch ein befremdender Anblick mich erwartete. Als ich eintrat, sah ich

Else mitten im Zimmer stehen, aber sie schien mich nicht bemerkt zu haben; und jetzt gewahrte ich es, sie stand ohne Regung, wie ein Bild, die linke Hand herabhängend, die rechte, wie beklommen, gegen die Brust gedrückt. Gleich einer Verklärung lag der rote Abendschein, der durch die Scheiben brach, auf den herabfließenden Falten ihres lichtgrauen Gewandes, auf dem feinen Profil ihres Angesichts, das sich klar von dem dunklen Hintergrund des Zimmers abhob.

Eine Weile konnte ich sie so betrachten, ohne daß mir die leiseste Bewegung ihres Körpers kund geworden wäre. »Elsi!« rief ich leise.

»Ja?« erwiderte sie wie traumredend; »ich komme!« Wie ein Erwachen schien es plötzlich ihre schlanken Glieder zu durchrinnen; sie rieb mit ihren weißen Händen bedächtig sich die Augen. »Ach du, Franz!« rief sie und lag im Augenblick in meinen Armen.

»Was war das, Elsi?« frug ich.

– »Ich weiß nicht. Was war es doch? – Ich meinte, ich sei bei dir, und ich war es nicht; und da riefst du mich. – Aber du kommst aus deiner Praxis, du mußt jetzt ruhen!«

Sie hatte mich zu einem Lehnsessel gezogen, und als ich mich hineingesetzt hatte, kniete sie vor mir nieder und streckte die Arme mir entgegen. Ich war ermüdet, aber nicht so sehr, um nicht noch mit Entzücken auf den schöngeformten Kopf meines Weibes zu blicken; ich hatte ihre Hände in die meinen genommen, und so saßen wir, ohne zu sprechen; nur ihre lichtgrauen Augen sahen unablässig und immer forschender in die meinen. Es war seltsam, daß es mir – ich kann's nicht anders ausdrücken – unheimlich unter diesem Blicke wurde; zugleich aber kam jener süße Schauder über mich, der mir damals von meinem Nachtgesicht geblieben war.

»Elsi«, sagte ich endlich, »was siehst du so mich an?«

Ich sah, wie sie zusammenzuckte. »Soll ich das nicht?« frug sie dann leise.

»Deine Augen sind so gespenstisch, Elsi!«

Sie sah mich dringender an: »Du!« sagte sie heimlich und verstummte.

– »Was denn, geliebte Frau?«

»Du, Franz, wir müssen uns früher schon gesehen haben!«

Der Atem stand mir still, aber ich sagte nur: »Wir sehen uns jetzt schon in das vierte Jahr; von früher weiß ich nichts.«

Sie schüttelte ihren blonden Kopf: »Ich mein es ernsthaft; du sollst keinen Scherz daraus machen! Nein, weit, viel weiter zurück – aber ich kann mich nicht entsinnen; es war vielleicht im Traum nur; ich muß noch ein halbes Kind gewesen sein.«

Es durchlief mich, ich bebte vor dem, was weiter kommen könne; aber ich faßte mich, und indem ich sie sanft zu mir hinaufzog, sagte ich: »Das ist so zwischen Liebesleuten; mir ist es auch wohl so gewesen, als hätten unsere Seelen sich gesucht, bevor noch unsere Leiber sich gefunden hatten; das ist ein alter Glaube, Elsi.«

Sie antwortete nicht, aber sie strickte ihre Arme fest um meinen Hals und drückte ihre Wange an die meine; ihre Augen suchte ich vergebens noch zu sehen, denn der Dämmerungsschein war erloschen, und durch das Fenster funkelte von fern der Abendstern. »Franz!« hauchte sie endlich.

»Ja, Elsi?«

»Halte mich fest, Franz! Noch fester! O, mir ist, als könnte man mich von dir reißen!«

Ich preßte sie heftig an mich, aber sie erhob schmerzlich lächelnd ihr Antlitz: »Es hilft dir nicht, Franz; wir müssen doch wieder voneinander!«

– – Als ich später in meinem Zimmer mit mir allein war, überkam mich ein Schrecken über diesen halbvisionären Zustand; mit halben Gedanken ging ich auf und ab; bald griff ich, als sollte mir daraus eine Offenbarung werden, nach diesem oder jenem medizinischen Buche, das unter den andern auf dem Regal stand, und setzte es, meist ohne es nur aufgeschlagen zu haben, wieder an seinen Platz; ich fühlte mich plötzlich unsicher gleich einem Neuling. Da flog's mir durch den Kopf: wir hatten noch immer kein Kind; eine Fehlgeburt war am Ende des ersten Ehejahres gewesen und nicht ohne nachbleibende Schwächen überwunden worden – wenn es das, wenn es das erste Zeichen eines neuen Lebens wäre! Der Keim eines solchen wirkt ja oft wunderbar genug in der jungen Mutter. Ich hatte bisher die Kinder nicht vermißt; aber ich war mir wohl bewußt gewesen, daß ich dereinst nach den Nichtgeborenen so sehnsüchtig wie vergebens die Arme ausstrecken würde.

Und so beruhigte ich mich; ich beobachtete dann, ich frug mein Weib; aber sie selber wußte von nichts; ich glaube, sie hatte mich kaum verstanden. Und bald sah auch ich, daß diese Hoffnung eine eitle gewesen sei; außer einem leichteren Ermüden und einer vermehrten Zärtlichkeit zu ihrem Manne bemerkte ich nichts Auffallendes an ihr.

Da eines Tages kamen Schmerzen, nur leichte, vor denen sie selber nicht erschrak; aber der Ort, wo sie hervortraten, wollte mir nicht gefallen. Sie hatte sich ins Bett gelegt, aber sie konnte am folgenden Tage wieder aufstehen. »Es war nichts, Franz«, sagte sie; »nur ein Anflug, und dann war's wohl meine Hasenangst vor Schmerzen!«

Sie sagte das wohl und war wieder heiter und geschäftig; aber ein paar Wochen später, da ich vormittags in meinem Zimmer bei der Impfliste saß, trat sie zu mir herein, blaß und mit verzagten Augen: »Ich muß doch wieder in meine Kissen«, sagte sie, »mir ist, als wenn mich Unheil treffen sollte«.

Ich brachte sie nach unserem Schlafzimmer; ich suchte den Grund der sich bald, wenn auch gelinde, einstellenden Schmerzen, aber es wollte mir nicht gleich gelingen. Sie atmete tief auf: »Es wird schon besser!« flüsterte sie, und nach einiger Zeit: »Geh nur hinunter an deine Arbeit; es ist vorbei, du kannst mich ruhig liegen lassen!«

Und so trieb sie mich fort, aber ich war unfähig, selbst zu der geringfügigen Arbeit, die vor mir lag; eine Furcht vor einem Schrecknis, das sich mir vor Augen stellte, hatte mich ergriffen; ich wanderte rastlos auf und ab. Da wurde an meine Tür gepocht, und ich rief laut »Herein!«, aber es war nur der Postbote, der Briefe und neue Bücher brachte, auch medizinische Zeitschriften, die von mir gehalten wurden, waren darunter. Ich warf die letzteren unangesehen in die große Schublade meines Schreibtisches, wohin sie sonst erst gelangten, nachdem ich das Wesentliche mir herausgelesen hatte.

Es trieb mich wieder hinauf zu meiner Frau. »Sind die Schmerzen wieder da, Elsi?« frug ich, denn an den Kissen sah ich, daß sie unruhig gelegen hatte.

»Ein wenig«, sagte sie; »aber ich fürchte mich noch nicht!«

Doch mir konnte diese Antwort nicht genügen, und wieder glitt die tastende Hand, nicht des Gatten, sondern des Arztes, über den schönen jugendlichen Körper. Plötzlich – es war das erste Mal in meinem Berufe – begann meiner Hand zu zittern, und Elsis große erschrockene Augen blitzten in die meinen: »Carcinoma!« sprach es in mir; es durchfuhr mich; wie kam das Entsetzliche zu meinem noch so jungen Weibe? Das Leiden galt derzeit in der Wissenschaft für absolut unheilbar; nach leis heranschleichenden, alles Menschliche überbietenden Qualen war stets der Tod das Ende. Ich kannte diese Krankheit sehr genau, und mit Schaudern gedachte ich des letzten grauenhaften Stadiums derselben.

Ich zog die Hand zurück; ich küßte mein armes Weib; dann suchte ich über Gleichgültiges mit ihr zu reden, aber sie lehnte schweigend den Ellenbogen auf den Rand des Bettes, den blassen Kopf in ihre Hand legend, und blickte durch das Zimmer wie ins Leere: »Ich kann's nur noch so schnell nicht fassen«, sagte sie, und die Worte kamen ihr fast tonlos von den Lippen; »so lang' ich von mir weiß, habe ich gelebt und immer nur gelebt – nur vielleicht im Schlaf nicht – – doch ja, auch im Schlaf. – Du weißt es wohl, Franz, du weißt ja so viel: sag mir, wie ist denn der Tod?« Sie hatte die Augen zu mir erhoben und sah mich unruhig fragend an.

»Möge er uns noch lange fern bleiben!« entgegnete ich, aber mir war die Kehle wie zugeschnürt.

»Du antwortest mir nicht, Franz!« sprach sie wieder.

– »Warum soll ich dir darauf antworten? Was soll der Tod zwischen uns?«

Sie blickte mich durchdringend an, als wollte sie das Innerste meiner Seele lesen: »Der will mich!« sagte sie; »und bekenn es nur, auch du glaubst, daß ich sterben werde. Ich hab es deinen Augen angesehen!«

Ein Stöhnen wollte sich mir entringen, und in mir sprach es: Sterben? Nur sterben? O, armes Weib, du ahnst nicht, was es dir kosten wird! Laut aber sprach ich: »Du bist krank, Elsi, und wir müssen um deine Gesundheit kämpfen!«

Sie wurde totenblaß: »Sag nur ›um dein Leben‹, Franz!«

»Das kannst du in meinen Augen nicht gelesen haben.« – Ich wußte wohl, daß ich sie täuschte; vielleicht hat sie's gefühlt. Sie sprach nicht mehr; sie ergriff meine Hand und ließ sich in die Kissen sinken.

– – Meine äußersten Befürchtungen erfüllten sich; die Schmerzen traten stärker auf, und ich sah mein Weib in Todesqual sich winden, als sie noch nicht die Hälfte ihrer Höhe erreicht hatten.

»Fürchte nicht, Hans«, unterbrach sich mein Freund, »daß ich Schritt für Schritt mit dir an diesem Leiden entlang gehen werde; ich will dich auch mit ärztlicher Weisheit nicht quälen: es war eine jener Abdominalkrankheiten, die so viele Frauen, wenn auch meist erst in späterem Alter, hinraffen, und bald war der Gipfelpunkt erreicht, wo auch die kühnste Hoffnung sinken mußte.

Wie mit versteinertem Hirn saß ich eines Nachts an ihrem Bett – die Nächte bin allzeit allein bei ihr gewesen – ein furchtbarer Schauer war eben wieder einmal vorüber, und wie eine welke Blume lag sie mir im Arm, an meiner Brust, blutlos, ohne alle Schwere des Lebens. Ich wußte, das Beste, was bevorstehen konnte, war ein möglichst balder Tod; ich frug mich: Wie ist es möglich, daß sie noch immer lebt? Wie ein Irrsinn flog es mich an: ›Ist etwas in ihr, das sie nicht sterben läßt?‹ Aber in mir, und fast höhnisch, sprach es: ›Du Tor, sie wird schon sterben können!‹ Ein entsetzliches Selbstgespräch, Hans; denn ich liebte sie ja so grenzenlos, so wahnsinnig, daß ich auch jetzt, trotz meines vielgerühmten Scharfsinns, nicht lassen konnte, sie immer wieder über das Menschliche hinauszuheben. Nein, nein, es geht zu Ende! sprach ich zu mir selbst; ich lebte in mir durch, was kommen mußte – zuletzt blieb nur die Totenstille und ein großes ödes Haus.

Da hörte ich meinen Namen rufen; ich schrak zusammen, und doch, es war nur ihre Stimme; eine kurze Ruhe, eine Erholung war ihr vergönnt gewesen, und es war nun, als ob ihre Augen sich mühten, liebevoll zu mir aufzublicken. »Franz«, sagte sie – aber ihre Worte kamen in abgerissenen Sätzen, auch ihre liebe Stimme hätte ich an fremdem Orte nicht erkannt – »Franz«, wiederholte sie, »scheint denn der Mond da draußen?«

»Ja, Elsi, sieh nur, durch das Südostfenster fällt es auch hier hinein!« Ich hob sie ein wenig an mir empor: »Siehst du es nun?«

– »Ich sehe; o wie schön!«

Ich hielt sie noch an mir, es war nicht unbequem für sie. »Franz«, begann sie wieder, »ich dachte nicht, dich wiederzusehen; als die Schmerzen von mir sanken, aber meine Augen noch geschlossen waren, fühlte ich es vor meinem Munde wehen; ich weiß, das war meine Seele, die den Leib verlassen wollte, aber mein Odem, der erwacht war, zog sie wieder zurück – o Franz, hab Erbarmen, ich kann das Furchtbare nicht noch einmal ertragen« – ich sah es, wie ein Schauder durch ihren Körper lief – »und du weißt es«, sprach sie wieder, und es klang hart, »ich muß doch sterben! Erlöse mich! Du mußt es, Franz! Wenn es wiederkommt, dann... Du darfst mich nicht tausend Tode sterben lassen!« Ihre Hände hatten sich erhoben und streichelten meine Wangen wie die eines flehenden Kindes.

»Elsi!« schrie ich; »deine Worte rasen! Was dir so weh macht, das ist nicht der Tod, das ist das Leben!«

»Das Leben, Franz? Es war so süß mit dir! Jetzt aber – –«

Ich wiegte langsam meinen Kopf; ich bat: »Sprich nicht mehr so, geliebte Elsi!«

Aber sie warf sich herum und rang ihre mageren Händchen: »Er will nicht!« schrie sie; »er will nicht! O Gott, so sei du mir endlich gnädig!«

Schon sah ich sie aufs neue den unsichtbaren Folterern verfallen, da fühlte ich, daß sie meinen Kopf zu sich herabzuziehen suchte, und als ich mich zu ihr beugte, sah ich in ihr altes geliebtes Antlitz. »Du«, sagte sie, und es war noch einmal der liebe Ton aus vergangenen Tagen, »glaubst du, daß die Toten von den Lebenden getrennt sind? O nein, das ist nicht. Solange du mich liebst, kann ich nicht von dir; du weißt, ich kann's ja gar nicht; nicht wahr, du weißt es? Ich bleibe bei dir, du hast mich noch, und wenn deine leiblichen Augen mich auch nicht sehen, was tut's, du trägst mein Bild ja in dir; du brauchst dich nicht zu fürchten! Küß mich, küß mich jetzt noch einmal, mein geliebter Mann; noch einmal deinen Mund auf meinen! – – So, nun nicht mehr! Nun, wenn es da ist, tu, worum ich dich gebeten habe! In dem kleinen Fache deines Schrankes – du hast ja Zaubertränke, daß der Leib ohn Zucken einschläft!«

So ging es fort; lange, bestrickend, verwirrend. O Hans, ich kann dir all die Worte nicht wiederholen; sie enthielten alle nur eine Bitte: die um den Tod von ihres Mannes Hand, der leider ein Arzt war.«

Ich hatte in namenloser Spannung zugehört. »Und du, Franz?« rief ich.

»Ich, mein Freund?« entgegnete Franz. »Ich vermochte ihr nicht zu antworten; es war auch kaum, als ob sie das erwarte; ich umschloß sie nur immer fester mit meinen Armen; wenn ich es heut bedenke, mir ist, ich hätte sie erdrücken müssen. Aber ihre Worte kamen allmählich immer langsamer, und ich fühlte es plötzlich, ich hielt nur noch eine Schlafende in meinen Armen. Ich legte sie aufs Bett, und endlich schien der Morgen durch die Fenster; und als, noch in der Frühdämmerung, die Wärterin eintrat, ließ ich sie am Bette niedersetzen und ging, wie schon in mancher Frühe, in mein Zimmer hinab, wohin die Magd mein einsames Frühstück gestellt hatte.«

– – Franz hatte sich zurückgelehnt, als sei ein Augenblick der Ruhe eingetreten; ich atmete tief auf; ein »Gott sei gedankt!« entfuhr mir.

Franz sah mich finster an. »Spar das fürerst! » sagte er hart. »Ich bin noch nicht zu Ende.

Mein Weib hatte recht: in meinem Schranke war ein dreimal verschlossenes Fach; dreimal, denn der Hauch des Todes war darin geborgen. Ohne eine Absicht, nur als müsse es so sein, öffnete ich die Schlösser und nahm nach langer Musterung von den kleinen sorgfältig verschlossenen Kristallfläschchen, welche darin nebeneinander standen, das kleinste an mich; ebenso lange hielt ich es gegen den Tag und betrachtete, ich kann nicht sagen, ob gedankenvoll oder gedankenlos, die wenigen wasserklaren Tropfen, welche kaum darin zu erkennen waren; ein Nichts, ein furchtbares Nichts. Dann steckte ich es zu mir; ich dachte mir noch kaum etwas dabei. Aber – – laß mich nichts von diesem Tage sagen! Was ich nie gekannt hatte, ich fühlte mein Herz unruhig werden, es schlug mir bis in den Hals hinauf; immer wieder fuhr meine Hand von außen an die Tasche, worin das Fläschchen steckte, als wolle sie sich versichern, ob es noch vorhanden sei; dann wieder, so winzig es war, kam mir die Empfindung, als sei es mir unbequem, als ob es mich drücke, und ich steckte es in die andere Tasche; o Hans, ich glaube heut, es war mein bös Gewissen, das mich drückte; aber daran dachte ich damals nicht. Ich hatte persönlich jeder Praxis für die nächste Zeit entsagt und alles meinem Assistenten aufgeladen, der, so gut es gehen wollte, damit fertig wurde. Daher frug niemand nach mir; ich hatte nach außen hin nichts zu tun. Aber was ich an andern sonst getadelt, ja gehaßt hatte, heute kam es über mich selbst: ohne eigenen Willen und ohne das Maß der Einsicht der Zukunft anzulegen, ließ ich mich den Dingen, die da kommen würden, entgegentreiben; mit Gewalt nur unterdrückte ich meine kaum zu dämpfende Erkenntnis. Du glaubst mir, daß ich dabei keine Ruhe fand; bald war ich im Garten, bald am Bette meiner Frau, dann wieder unten in meinem Zimmer. Endlich - endlich neigte sich der lange Tag, die Schatten fielen.

Ich ging in unser Schlafgemach, wo Elsi noch ihr Lager hatte und es auch behielt; die Wärterin stand an ihrem Bette und ordnete ihr blondes Haar, das bei der Unruhe der Kranken sich verwirrt hatte; aber bei meinem Eintritt warf Elsi ihr Haupt herum und wandte ihr schönes Leidensantlitz zu mir. »Es ist gut, Frau Jans! Lassen Sie nur!« sagte sie hastig, und dann zu mir: »Bleib bei mir, Franz! Du – aber ganz allein!« und sah mich mit ihren wie in schmerzlichem Abschied glänzenden Augen an.

Die Wartefrau hatte ein krankes Kind zu Haus; ich sandte sie fort bis auf die gewohnte Morgenstunde. – Als wir allein waren, setzte ich mich, wie ich pflegte, auf den Rand des Bettes und nahm ihr Haupt an meine Brust. Sie drückte sich sanft an mich heran: »O Franz, wie ist es gut, bei dir zu sein!« Wir sprachen nicht; es war noch eine lange, glückliche Stunde; auch mein Herz begann wieder ruhig zu schlagen.

Da schrie sie plötzlich auf: wie von Dämonen, die aber kein sterblich Auge sah, fühlte sie ihren Leib in meinen Armen geschüttelt; mir war's, als wollten sie die Seele heraus haben und als könnten sie es nicht. »Franz, o Franz!« Das war noch ein letztes Wort; dann versagte ihr die Stimme, selbst der erlösende Schrei zerbrach vor den zusammengebissenen Zähnen. Da warf sie mit Gewalt ihr Haupt empor – ich habe nirgend sonst, nie ein so von Qual verzerrtes Menschenantlitz gesehen; nur aus den Augen, und flüchtig wie ein schießender Stern, traf jetzt ein Blick noch in die meinen – ein Blick zum Rande voll von Verzweiflung und heißer verlangender Bitte. Sie mühte sich, ein Wort zu sagen; sie konnte es nicht, und die Anfälle kamen immer wieder. Ich war wie niedergeworfen von all den holden Geistern des Lebens: Liebe, Mitleid und Erbarmen waren dem Hülflosen zu furchtbaren Dämonen geworden; mir war, ich sei ein Nichts und nur bestimmt, das Elend anzuschauen; da – fühlte ich plötzlich, daß ich das Fläschchen in meiner linken Hand hatte. Es durchfuhr mich; ich hatte mein Weib noch immer in den Armen. Dann kam ein Augenblick...«

Der Erzähler stockte. »Franz«, schrie ich, »Franz, du hast dein Weib getötet!«

Er hob die Hand: »Still!« sagte er; »ich will das Wort nicht scheuen: ich habe sie getötet. Aber damals erschreckte es mich nicht; ging doch das Leid zu Ende! Ich fühlte, wie das junge Haupt an meine Brust herabsank, wie die Schmerzen sanken; noch einmal wandte sich ihr Antlitz, und – es mag ja Täuschung gewesen sein, mir aber war es, als säh ich in das Antlitz meines Nachtgesichts, wie es einstmals verschwindend von mir Abschied nahm; jenes und meines Weibes Züge waren mir in diesem Augenblicke eins.

Die Zeit meiner Jugend überkam mich; das Abendrot brach durch die Scheiben und überflutete sanft die Sterbende und alles um sie her. Und nun jenes hörbare Atmen, das ich bei anderen nur zu oft gehört hatte; ich neigte mein Ohr an ihre Lippen, es war keine Täuschung, und noch in meiner letzten Stunde werd ich es hören: »Dank, Franz!« – dann streckten diese jungen Glieder sich zum letzten Mal.«

Franz schwieg; er hatte schon vorher seinen Sofaplatz verlassen und sich einen Stuhl mir gegenüber hergeschoben. Ich hörte, wie in einem Bann befangen; aber ich unterbrach ihn nicht mehr, ich wartete geduldig.

»Wie lange ich so gesessen«, begann er nach einer Weile wieder, »die Tote in meinen Armen, weiß ich nicht; nur eines entsinne ich mich: es mag noch vor dem Dunkelwerden gewesen sein, da war mir, als höre ich aus dem anstoßenden Wohnzimmer leise Schritte über den Teppich gegen unsere Tür kommen; als sie sich ohne Anpochen öffnete, sieht unserer Freundin, Frau Käthes, teilnehmendes Antlitz in das Zimmer; sie pflegte jeden Nachmittag der Kranken Trost und Erquickung zu bringen. Aber diesmal kam sie nicht; ich sah plötzlich, daß die Tür wieder geschlossen war, und hörte ein herzbrechendes Schluchzen durch das Wohnzimmer sich entfernen. Die Gruppe, welche der Lebendige und die Tote mit einander machten, hatte ihr die Vernichtung meines Hauses kund getan.

Ich saß noch lange ohne Regung; dann aber, als ich fühlte, daß es dunkel um mich her war und nur der Mondstreifen, welcher noch gestern Elsis lebendiges Herz erfreut hatte, wieder durch das Südostfenster hereinfiel, ließ ich den Leichnam aus meinen Armen auf das Bett sinken und verließ das Zimmer, das ich hinter mir verschloß. Mir ist noch genau erinnerlich, daß ich das Gefühl hatte, als ob ich auf Stelzen gehe, als seien meine Glieder nicht die meinen. So befand ich mich nach kurzer Zeit im Garten; mir war, als müßte sie dort sein, da sie nicht mehr im Hause war. Ich ging zwischen den Rasen, zwischen den Tannen; bald im Schatten, bald fiel das Mondlicht auf die Steige; mitunter fuhr ein Nachtwind auf und führte eine Schar von fallenden Blättern durch die Luft; weiße Scheine lagen hier und da auf Bänken oder Büschen; aber von ihr war keine Spur, eine totenstille Einsamkeit war auch hier um mich herum. Mich schauerte, als ich laut und dann noch einmal ihren Namen rief. Ich wollte, ich mußte noch eine Lebensäußerung von ihr haben; für das, was ich ihr getan hatte, waren auch ihre letzten Worte mir nicht genug. Ich stand und hielt den Atem an, um auch den kleinsten Laut nicht zu verlieren, aber nichts kam zurück, nichts, was ich mit den Sinnen fassen konnte: was ich besessen hatte – das hatte ich gehabt, das war im sicheren Lande der Vergangenheit; das Sausen in den Tannen, der dumpfe Rabenschrei, der aus der Luft herabscholl, gehörten nicht dazu. Da – ich entsinne mich dessen noch deutlich – fühlte ich etwas um meine Füße streichen, sich leise an mich drängen. Als ich hinabblickte, sah ich, daß es die arme weiße Katze war; sie ringelte den Schwanz und mauzte kläglich zu mir herauf. »Suchst du sie auch?« sagte ich. Dann hob ich das Tier auf meinen Arm und ging mit ihm dem Hause zu.

Die Nacht saß ich bei ihr, die ich getötet hatte; keine Lampe brannte, es war ganz finster in dem Zimmer; in meiner Hand hielt ich eine andere; sie war schon kalt, sie wurde immer kälter, ich konnte es nicht ändern, und als es Morgen wurde, fühlte ich es bis ins Herz hinein. Da kam mir der Gedanke, ob denn der Tod nicht ansteckend sei; aber es war nicht, es war überhaupt auch sonst nichts, gar nichts; nur ihr geliebtes Haupt lag still und friedlich auf dem Kissen.«

Mein Freund war aufgestanden und sah wie abwesend aus dem Fenster in den traurigen Hof hinaus, nicht achtend, daß die Dohle wieder mit ihren schwarzen Flügeln gegen die Scheiben schlug. Aber ihr Krächzen nach neuem Futter war diesmal umsonst; ihr Herr setzte sich mir wieder gegenüber und sah mich lange an, als ob er mich bemitleide.

»Armer Hans«, begann er dann aufs neue, »mein Bericht ist auch jetzt noch nicht am Ende, denn ich selbst bin noch immer übrig, und im Herbste jährt es sich zum dritten Mal, seit das geschah, was ich dir erzählt habe.

– – Elsi war begraben; die Kirchhofserde bedeckte den furchtbaren Prozeß, den die Natur einmal an allem übt, das sie einst selbst hervorgebracht hatte. Wie mir zumute war? – Von Laien war mir oft gesagt, daß sie einen starken Seelenschmerz an einer bestimmten Stelle ihres Körpers nachempfänden, und es ist ein Korn Wahrheit in diesen Worten; bei mir aber war es nur ein dumpfer Schreck, der sich eingenistet hatte, wo andere den Schmerz um ihre Toten zu empfinden meinten – und, wenn du willst, so ist das noch heut mein körperliches Leiden. Ich sagte mir wohl, es sei jetzt Zeit, meine Praxis wieder aufzunehmen, die sonst mir selber vorbehaltenen Kranken wieder zu besuchen, zumal ich sah, daß mein junger Gehülfe es nur auf Kosten seiner Gesundheit fertig brachte. Aber eine panische Furcht ergriff mich, wenn mir der Gedanke kam; ich scheute mich vor den Menschen, ich vermied sie und lebte wie ein Einsiedler eine Woche nach der andern, nur in meinem Haus und Garten, in letzterem selbst dann noch, als der Winter ihn mit Reif und Schnee beladen hatte. Und niemand störte mich in dieser Vereinsamung; mein junger Mann tat schweigend seine Pflicht, weit mehr als dies; meine alten Patienten mochten Mitleid mit mir haben und auch wohl denken, der Doktor stehe doch unsichtbar hinter seinem Assistenten; einzelnen der jungen Frauen oder Mädchen mochte auch vielleicht der hübsche Junge zusagen, wenigstens holte er sich gleich darauf aus diesen Kreisen eine Braut. Da aber mußte es geschehen, daß eine arge Seuche auf die Stadt und zumal auf unsere Jugend fiel; ein altes Übel, das aber nach manchen Jahren jetzt wieder auftauchte. Bei Beginn desselben war es, daß eines Morgens der Finger meines jungen Hausgenossen bescheiden an die Tür meines Zimmers pochte.

»Ich möchte nicht stören, Herr Doktor«, sagte er bei seinem Eintritt; »aber Sie werden es auch selbst wünschen, daß wir in der Behandlung dieser unerwarteten Krankheit übereinstimmen.«

Ich sah ihn überrascht an; ich wußte nichts von einer neuen Krankheit.

»Verzeihen Sie«, sagte der junge Mann verlegen, indem er den nach allerlei mitspielenden Nerven konstruierten Namen nannte, »mir ist sie bisher in praxi noch unbekannt geblieben; sie ist plötzlich hier erschienen, und es sind schon Todesfälle nach kürzestem Verlaufe vorgekommen.«

Ich wußte zwar von dieser Krankheit, aber auch mir war sie weder auf Universitäten noch später vorgekommen; sie war heillos in der Schnelligkeit, womit sie ihre Opfer packte. Ich raffte mich zusammen, wir verhandelten, wir lasen, zumal auch in den ältern Praktikern, die aus ihrer Zeit das Übel durch Erfahrung kannten und deren feine Beobachtung bei geringen Hülfsmitteln mir immer Achtung eingeflößt hatte. So kamen wir zu bestimmten Schlüssen und zur Feststellung eines einzuschlagenden Verfahrens. Als er sich entfernen wollte, sah ich ihm zum ersten Mal voll ins Antlitz. »Aber was ist Ihnen?« frug ich; »sind Sie krank?«

Er schüttelte den Kopf: »Das ist nur von der Nachtunruhe in den letzten Tagen.«

Ich streckte ihm erschrocken meine Hand entgegen: »So verzeihen Sie mir, daß ich über die Tote den Lebenden vergessen habe.«

Aber ihm sprangen die Tränen aus den Augen: »Verzeihen?« stammelte er; »ich selber kann Ihre Tote nicht vergessen, wie sollten Sie es können!«

Der brave Junge! Elsi war immer wie eine Schwester gegen ihn gewesen; und – wenn er meine Praxis erbte, ich hätte nicht viel dagegen! – Nein«, fügte er hinzu und streckte abwehrend seine Hand nach mir, »unterbrich mich nicht! Ich kann jetzt nicht davon reden. – –

Als mein Assistent sich entfernt hatte, fühlte ich eine Unruhe in mir, die mich dies und jenes anzufassen trieb; so kam ich auch über die Schublade, in der meine medizinischen Zeitschriften lagen. Es war ein ganzer Haufen, und ich begann die einzelnen Hefte nach ihrer Ordnung zusammenzusuchen; vielleicht dachte ich gar daran, sie zum Binden fortzuschicken; zugleich blätterte ich und las die Überschriften und den Beginn von einzelnen Artikeln. Da fielen meine Augen auf eine Mitteilung, die mit dem Namen einer unserer bedeutendsten Autoritäten als Verfasser bezeichnet war, eines Mannes, der sich nur selten gedruckt vernehmen ließ. Ich warf mich mit dem Heft aufs Sofa und begann zu lesen und las immer weiter, bis meine Hände flogen und ein Todeschreck mich einem Beilfall gleich getroffen hatte. Der Verfasser schrieb über die Abdominalkrankheiten der Frauen, und bald las ich auf diesen Blättern die Krankheit meines Weibes, Schritt für Schritt, bis zu dem Gipfel, wo ich den zitternden Lebensfaden selbst durchschnitten hatte. Dann kam ein Satz, und wie mit glühenden Lettern hat er sich mir eingebrannt: ›Man hat bisher‹ – so las ich zwei- und dreimal wieder –, ›dies Leiden für absolut tödlich gehalten; ich aber bin imstande, in nachstehendem ein Verfahren mitzuteilen, wodurch es mir möglich wurde, von fünf Frauen drei dem Leben und ihrer Familie wiederzugeben.‹

Das übrige las ich nicht; meine Augen flogen nur darüber hin. Es war auch so genug: der Verfasser jenes Satzes war mein akademischer Lehrer gewesen, zu dem ich damals, und auch jetzt noch ein fast abergläubisches Vertrauen hatte.

Ich blätterte bis zu dem Umschlage des Heftes zurück und las noch einmal den Monatsnamen, der darauf gedruckt stand; es war unzweifelhaft dasselbe, welches ich vierzehn Tage vor Elsis Tod dem Postboten abgenommen und dann ahnungslos in die Schublade geworfen hatte. – Lange lag ich, ohne die auf mich eindringenden Gedanken fassen zu können. Er hat es gesagt! – das ging zuerst in meinem Kopf herum; er ist kein Schwindler, auch kein Renommist. – – ›Mörder!‹ sprach ich zu mir selbst, ›o allweiser Mörder!‹

Wo ich an dem Rest des Tages mich befand, wie er zu Ende ging, ich kann es dir nicht sagen. Es war am Ende eine alltägliche Geschichte, man konnte sie alle Monat und noch öfter in den Zeitungen lesen: ein Mann hatte Weib und Kinder, ein Weib hatte ihre Kinder umgebracht; verzweifelnde Liebe hatte ihre wie meine Hand geführt. Aber ich hatte in meinem Hochmut diese Väter und Mütter bisher verachtet, ja gehaßt, denn das Leben, dem gegenüber sie verzagten, mußte trotz alledem bestanden werden; sie waren feige gewesen, und ich gönnte ihnen Beil und Block, dem sie verfallen waren; ich selbst, ich hatte nur nachgedrückt auf die Sense des Todes, die ich mit der Hand zu fühlen glaubte, damit sie auf einmal töte, nicht nur in grausamem Spiel zuvor erbarmungslos verwunde. Jetzt aber zeigte mir ein alter Lehrer, daß sie noch gar nicht vorhanden war und daß nur meine eigene gottverlassene Hand mein Weib getötet hatte. – Glaub aber nicht, es sei mir in den Sinn gekommen, mich den Gerichten zu übergeben und nach dem Strafrecht mein Verbrechen abzubüßen; nein, Hans, ich bin ein zu guter Protestant, ich weiß zu wohl, weder Richter noch Priester können mich erlösen; mein war die Tat, und ich allein habe die Verantwortlichkeit dafür; soll eine Sühne sein, so muß ich sie selber finden. Überdies – bei dem furchtbaren Ernst, in dem ich lebte, erschien's mir wie ein Possenspiel, wenn ich mich auf dem Schafott dachte.

– – Zum Unglück, oder soll ich sagen zum Glück, trat an jenem Abend auch noch Freund Lenthe zu mir ins Zimmer, den ich seit dem Begräbnis nicht gesehen hatte. »Was treibst du?« rief er mir zu; »ich mußte doch endlich einmal nachsehen!«

Ich reichte ihm die Hand, aber als er in mein Gesicht sah, mochte er freilich wohl erschrecken. »Du siehst übel aus«, sagte er ernst, »als ob du dein Leben ganz der Toten hingegeben hättest. Das ist Frevel, Franz! Die Stadt draußen ist in Not und Schrecken um ihre Söhne und Töchter, und du, der sonst der Helfer war, sperrst dich ab in deinem Hause und läßt von deinem eigenen Gram dich fressen!«

So fuhr er eine Weile fort; aber seine Reden gingen über mich weg; was er sprach, klang mir wie Unsinn, ›Blech‹, wie wir zu sagen pflegten. Freilich, wer immer zu mir hätte reden mögen – es wär wohl ebenso gewesen, denn ich hatte das Verhältnis zu den Menschen verloren; mein Innerstes war eine Welt für sich. – Als ich endlich sagte, daß ich mit meinem Assistenten am Nachmittage eine Konferenz gehalten, daß wir in dieser über die Behandlung der neuen Krankheit uns vereinbart hätten, wurde er ganz beruhigt. »Und nun komm mit zu uns«, sagte er, indem er seine Uhr zog, »zu meiner Frau und zu unserer Teestunde; da wirst du morgen frischer in die Praxis gehen!«

Mit seinen herzlichen Worten überwand er allmählich meinen Widerstand, ich folgte ihm mechanisch; als wir aber in das Haus traten, durchschüttelte mich der Klang der Türglocke, ich hätte fast gesagt, als läute das Armensünderglöcklein über mir; es war zum ersten Mal, daß ich seit Elsis Sterben ihren Klang vernahm.

Wir gingen in die helle warme Stube, und ich hörte deutlich die Teemaschine sausen. »Gottlob, daß wir Sie endlich wieder haben!« sagte Frau Käthe, herzlich mir entgegenkommend, und drückte meine Hand.

Ich nickte: »Ja, liebe Freundin, wir drei sind wiederum zusammen.«

»O nein«, erwiderte die gute Frau, »so dürfen Sie nicht sprechen – die diese Zahl so lieblich einst durch sich vermehrte, sie ist noch mitten unter uns; sie war keine, die so leicht verschwindet.«

Ich setzte mich stumm auf meinen alten Sofaplatz, aber es war jetzt trübe auch im Haus der Freunde: die Worte, die sie über Elsi sprachen, auch die tiefempfundensten, und gerade die am meisten, sie quälten mich; ich kam mir herzlos und undankbar vor, aber ich konnte nichts darauf erwidern.

Am andern Tage war ich zum ersten Mal wieder in der Praxis und kassierte die entsetzlichen Beileidsreden meiner Patienten ein, von denen einige mich dazu mißtrauisch von der Seite ansahen, ob ich denn noch ihnen würde helfen können. Der neuen Krankheit traten wir mit Glück gegenüber; wenigstens so unerwartet schnell, wie sie gekommen, so rasch war die Epidemie nach einiger Zeit verschwunden.

– – Ich sagte dir schon, wenn wieder der Herbst kommt, sind es drei Jahre seit Elsis Tod. Ich habe aus diesem Zeitraum nur noch eines mitzuteilen; das übrige ging so hin, ich tat, was ich mußte oder auch nicht lassen konnte, aber ohne Anteil oder wissenschaftlichen Eifer. Mein Ruf als Arzt, wie ich mit Erstaunen wahrnahm, war noch im Steigen.

Also vernimm noch dieses eine; dann werden wir da sein, wo wir uns heut befinden.«

»Sprich nur!« sagte ich, »ich kann jetzt alles hören.«

»Nein, Hans«, erwiderte er, »es ist doch anders, als du denkst! – – Es mag vor reichlich einem Vierteljahr gewesen sein, als ich zu einer mir nur dem Namen nach bekannten Frau Etatsrätin Roden gerufen wurde; die Magd, die das bestellte, hatte hinzugefügt, gebeten werde, daß ich selber komme.

Da ich annahm, daß der Fall von einiger Bedeutung sei, ging ich kurz danach in das Haus, welches die verwitwete Dame allein mit einer Tochter bewohnte. Ein junges Mädchen von etwa achtzehn Jahren kam mir bei meinem Eintritt entgegen; frisch, aufrecht, ein Bild der Gesundheit. »Fräulein Roden?« frug ich aufs Geratewohl, und sie nickte: »Hilda Roden!« fügte sie hinzu.

Dann stellte ich mich als Doktor Jebe vor.

»O, wie gut von Ihnen«, rief sie, »daß Sie selber kommen!«

»Glaubten Sie das nicht?«

»Ich wußte nicht, wie Sie es damit halten«, sprach sie, »aber nun freue ich mich; wir Frauen dürfen nicht zu viel verlangen!«

– »Sind Sie so überaus bescheiden?« frug ich und blickte das hübsche Mädchen mit etwas festeren Augen an.

Ein leichtes Rot überzog sekundenlang ihr Antlitz; sie schloß ihre weißen Zähne aufeinander und schüttelte so lebhaft den Kopf, daß der dunkle Zopf, der ihr im Nacken hing, zu beiden Seiten flog; und dabei zuckte aus den braunen Augen, die je zur Seite des feinen Stumpfnäschens saßen, ein fast übermütiges Leuchten. Doch war das nur für einen Augenblick. »O nein«, sagte sie plötzlich ernst; »ich wünschte nur so lebhaft, daß Sie selber kämen, und zitterte doch, Sie würden es nicht tun, denn meine Mutter, ich fürchte, sie ist recht krank, und sie mußte doch den besten Arzt haben!«

»Vertrauen Sie diesem Arzte nicht zu sehr!« erwiderte ich.

»O doch!« Und damit war sie fort; aber nach kurzer Weile, während ich, in meine Teilnahmlosigkeit zurückgefallen, das Muster der Tapete studiert hatte, sah schon ihr junges Antlitz wieder durch die geöffnete Tür des anliegenden Zimmers. »Meine Mutter läßt bitten!« sprach sie.

Dann stand ich am Krankenbett. »Mein gutes Kind«, sagte die noch fast jugendliche Dame, die den Kopf aus ihren Kissen hob, »hat Sie selber herbemüht; doch hoffe ich, Sie werden das Übel kleiner finden, als die Sorge meiner Tochter.«

Ich begann dann mein Examen, beschäftigte mich näher mit der Kranken und fand am Ende, daß ich dasselbe Leiden wie bei Elsi vor mir hatte. Und gerade hier sollte ich es selber sein! – Eine Finsternis schien über mich zu fallen, und wirre Gedanken, wie ich mich losmachen und ferner dennoch meinen Assistenten schicken könne, kreuzten durch meinen Kopf; als ich dann aber in die erschreckten Augen der Tochter sah, die unbemerkt mir näher getreten war, wurde plötzlich alles anders: ich allein, sagte ich mir, sei der Arzt für diesen Fall, und mein Gehirn war nach langer Zeit zum ersten Mal im selben Augenblicke schon beschäftigt, sich die Art der verzweifelten Kur zurecht zu legen. Ob die Hülflosigkeit der Kindesliebe oder ob Anmut und Jugend diese Sinnesänderung bewirkten, ich weiß es nicht.

Als ich mit dem jungen Mädchen wieder in das Wohnzimmer getreten war, sah ich ihre Erregung an dem Zittern ihrer Lippen. »Darf ich Sie fragen«, sagte sie stammelnd – »Ihre Augen wurden vorhin mit einem Mal so finster – steht es so schlimm mit meiner Mutter?«

Ich besann mich einen Augenblick. »Es ist eben eine ernste Krankheit«, entgegnete ich; »aber was Sie in meinem Antlitz etwa gelesen haben, war nur ein Widerschein aus der eigenen Vergangenheit.«

Sie schien verwirrt zu werden: »Verzeihen Sie mir«, sagte sie, und ein flüchtiger Blick ihrer Augen traf in die meinen »daß ich aufs neu daran gerührt habe; man denkt bei dem Arzt nur zu selten daran, daß er auch selber leiden könne.«

Mir war, als flösse aus diesen einfachen Worten ein Strom von Mitleid zu mir herüber, so warm war ihre Stimme.

Ich ging unter dem Versprechen, mich am andern Vormittag zeitig wieder einzustellen; halb in erneutem Weh, doch auch, als hauche mir ein milder West ins Antlitz. Nicht ohne Scheu holte ich, zu Hause angekommen, das erwähnte Heft aus meiner Schublade und studierte den Artikel meines einstigen Lehrers. Das von dem Verfasser angewandte Verfahren bestand in einer Operation, die im Falle des Gelingens – das war einleuchtend – eine vollständige Heilung, aber widrigenfalls und, wie ich fürchtete, ebenso oft einen schnellen Tod würde bringen können; denn freilich, das erkrankte Organ mußte mit dem Messer völlig entfernt werden. Doch wie es immer sein mochte, ich durfte nicht zurückstehen! Der Tod – ich konnte nicht zweifeln – war ohne diese furchtbare Kur auch hier gewiß; auf der andern Seite aber stand das Leben, und nur eine gütige Absicht der Natur wurde vernichtet, auf die es hier schon nicht mehr ankam. Das noch kräftige Alter meiner Patientin und ihre sonst günstige Organisation ermutigten mich noch mehr. Ich war entschlossen, gleich am andern Vormittage der Kranken diesen schweren und mir noch zweifelhaften Schritt zur Rettung vorzuschlagen.

Doch bevor ich dazu kam, am Morgen in der ersten Frühe schon, wurde ich zu der Etatsrätin gerufen. Ich fand die Tochter allein bei ihr: blaß, aber hoch aufgerichtet hielt sie die Mutter in ihren Armen; so hatte Elsi dereinst an meiner Brust gelegen. »Der Anfall ist vorüber«, sagte das Mädchen, indem sie die Kranke sanft auf ihre Kissen legte, um mir den Platz am Bette zu überlassen.

Sie hatte recht, und die Schmerzen mußten stark gewesen sein.

»Aber wo ist Ihre Wärterin?« frug ich.

Ein Zucken flog um den Mund des Mädchens: »Ich denk, sie hat im ersten Schreck die Flucht ergriffen«, sagte sie; »sie wollte, ich weiß nicht was, aus ihrer Wohnung holen, aber sie wird nicht wiederkommen.«

– »Und da sind Sie allein geblieben?«

»Ich blieb allein bei meiner Mutter; ich werde es auch späterhin schon können!«

Aber die Kranke hob sich auf in ihrem Bette: »Hör, Hilda«, sagte sie mit schwerer Stimme, »ich will, wenn ich gesund werde – und Gott und unser Doktor werden dazu helfen –, nicht gleich ein krankes Kind zu pflegen haben; helfen Sie mir, Herr Doktor, ich kenne den Eigensinn der Liebe in diesem jungen Kopfe.«

Ich beruhigte die Frau und versprach, dieser Liebe zum Trotz eine festere Wärterin zu besorgen, aber nur mit Mühe wurde der Opfermut der Tochter besiegt. Ich verließ die Kranke für jetzt, mit dem Versprechen, am Nachmittage wieder nachzusehen, und war mit der Tochter dann allein im Wohnzimmer. »Fräulein Hilda«, sagte ich, »ich weiß jetzt, Sie sind stark; ich kann es Ihnen schon jetzt sagen, mit Ihrer Mutter werde ich heute nachmittag reden, wenn sie von ihrer schlimmen Nacht sich etwas erholt hat –«

Sie unterbrach mich und sah mich mit ihren großen Augen fast zornig an. »Was ist?« rief sie, »um Gottes willen, was haben Sie vor?«

»Sie müssen ruhig sein, Sie müssen mir helfen, Fräulein Hilda«, sagte ich; »so schwer es sein mag, ich weiß, Sie können es.« Und dann eröffnete ich ihr, welches Leid, welche Gefahr, doch auch welche Hoffnung für ihre Mutter da sei.

Sie stand atemlos, mit zitternden Lippen, vor mir. Als ich ausgesprochen hatte, stürzte ein Strom von Tränen aus ihren Augen. »Muß es denn sein?« frug sie noch.

»Es muß«, erwiderte ich.

Dann fühlte ich einen kräftigen Druck ihrer Hand in der meinen. »Ich vertraue Ihnen«, sagte das Mädchen; »Sie sind so gut; ich will auch nicht wieder weinen – ach, hilf uns, lieber Gott!«

»Ja, Hilda«, erwiderte ich, »möge er uns helfen; aber wir selber stehen doch in erster Reihe.«

Sie ließ ihre Augen auf mir ruhen: »Kommen Sie nur heut nachmittag«, sagte sie, »ich werde, was ich kann, für meine Mutter tun.«

– – Als ich dann wiederkehrte, fand ich die neue Wärterin schon dort; Hilda saß am Bette ihrer Mutter; sie schienen bei meinem Eintritt von ernster und inniger Unterhaltung abzubrechen. Meine Kranke war sichtlich von einer neuen Erregung ergriffen, aber sie reichte mir ihre heiße Hand, und ich fühlte einen leisen Druck und sah ein schmerzliches Lächeln um ihren noch immer schönen Mund.

»Ich bin durch Hilda schon von allem unterrichtet«, sagte sie, »und bereit, mich dem, was Sie für nötig achten, zu unterwerfen. Wenn hier der Tod ist und dort das Leben sein kann, so muß ich für mein Kind das Leben suchen, so schwer es zu erreichen sein mag.«

Die Tochter hatte ihren Arm um die Mutter geschlungen und drückte ihr braunes Köpfchen, wie um es zu verbergen, gegen deren Nacken; nur ich mochte es gesehen haben, daß ein paar große Tränen ihr wie widerwillig aus den Augen sprangen.

Aber ich mußte ihr dankbar sein, sie hatte mir die schwere Eröffnung abgenommen, und meine Kranke hatte ich gefaßt gefunden. Ich will es kurz machen, Hans – die furchtbare Operation ging einige Tage später nach sorgfältigster Vorbereitung, unter Zuziehung meines Assistenten und eines besonders geschickten jüngeren Arztes aus einer Nachbarstadt, nach den Gesetzen unserer Wissenschaft vorüber. Hilda – das hatte ich ausbedungen – durfte nicht zugegen sein; aber in allem, was sie außerdem zu leisten hatte, war sie, wenn auch totenblaß, das feste zuverlässige Mädchen, worauf ich gerechnet hatte.

Und so blieb es; unter ihrer zugleich liebevollen und strengen Pflege ging die Heilung wider mein Erwarten und – trotz des furchtbaren Vergleiches – ich kann dennoch sagen: zu meiner Freude, rasch vonstatten, so daß mir bald die Aussicht auf Genesung sicher wurde und, bei dem rechtzeitigen Eingreifen, auch die Furcht vor einem Rückfall immer mehr zurücktrat. Von der Wärterin erfuhr ich freilich, daß Fräulein Hilda zwar noch ihre Schlafkammer oben im Hause habe, aber gegen die Nacht, wenn das Befinden der Mutter ihr das geringste Bedenken errege, von dem Stuhl an deren Bett nicht fortzubringen sei: die unruhigen Augen nach der Kranken, verbringe sie dort die Nacht in halbem Schlummer, und erst bei Anbruch des Morgens schleiche sie fröstelnd für ein Stündchen nach der eigenen Kammer.

Ich sah wohl, daß das Mädchen bleicher wurde, je mehr die Mutter sich erholte; und so eines Tages, als sie mich wieder aus dem Krankenzimmer geleitet hatte, faßte ich ihre Hand, und während ihre schönen verwachten Augen zu mir aufsahen, sprach ich und war selbst nicht ohne tiefere Bewegung: »Von heut an, Fräulein Hilda, sollen Sie ruhig in Ihrem Bette schlafen; ich stehe Ihnen dafür, Ihre Mutter ist gerettet.«

Wie durch ein Wunder erhellte sich bei diesen Worten ihr junges Antlitz; in Wahrheit, sie war plötzlich wunderschön geworden. »Gerettet?« frug sie noch halb im Zagen; »o Gott, gerettet!« – Dann noch ein paar tiefe Atemzüge, und ein entzückendes Lachen, als ob's die Brust nicht bergen könne, brach aus ihren Lippen. »Gerettet!« wiederholte sie noch einmal. »O Doktor, mir ist, als trüg ich plötzlich einen Rosenkranz! Aber Sie« – und ihre Augen sahen mich wie heftig flehend an – »gleich einer Trauerkunde haben Sie die Himmelsbotschaft mir verkündet! Und Sie haben mir das Leben – o, verstehen Sie es doch! das Leben meiner Mutter haben Sie gerettet!«

Ich glaube fast, sie wollte mir zu Füßen sinken, aber ich faßte ihre Hand: »Lassen Sie das, Hilda!« sagte ich; »es hat wohl jeder sein eigenes Geschick, und was an Freude einmal hinzukommt, nimmt dessen Farbe an!«

»Ja, ja, ich weiß«, erwiderte sie, plötzlich still werdend, »Sie haben Ihre Frau so sehr geliebt und haben sie verloren!«

»Es war die Krankheit Ihrer Mutter«, fügte ich hinzu; »ich vermochte sie nicht zu retten« – – nur zu töten! hätte ich fast hinzugesetzt, denn mich überkam ein fast unabweisbarer Drang, diesem jungen Wesen meine Seele preiszugeben, ihr alles, was mich zu Boden drückte, bloßzulegen, so wie ich es heute vor dir getan habe. – Aber ich bezwang mich; sie hätte darunter zusammenbrechen müssen.

Die Augen voll Tränen, mir beide Hände hingegeben, stand sie vor mir. »Es tut mir so leid, daß Sie nicht froh sein können«, stammelte sie endlich.

Ich schüttelte den Kopf: »Ich danke Ihnen, Hilda!« sagte ich; dann ging ich fort. Ich habe sie seitdem nicht wiedergesehen.

– – Am Abend saß ich bei den Freunden Lenthes, und, wie so oft, wandte sich das Gespräch darauf, wie meinem unverhehlbar trüben Zustand wieder aufzuhelfen sei. »Täusche dich nicht, Franz«, sagte der Freund, »als ob die Begier nach Leben in dir erloschen wäre; du mußt trotz alledem wieder heiraten und dein Haus aufs neue bauen!«

»Ich bin zu alt geworden, Wilm«, erwiderte ich abwehrend.

– »Ei was! Du hast nur deine Jugend mit Kirchhofsrasen zugedeckt; wenn du ein Weib hast, tragt ihr sie mit einander wieder ab!«

»Am Ende«, sagte ich wie scherzend, »habt ihr meine Künftige schon hinter einem Vorhang? Wer sollte mich denn heiraten?«

Frau Käthe sah mich halb schelmisch, halb zaghaft an. »Hilda Roden?« frug sie leise. »Oder hab ich fehl geraten?«

Es durchfuhr mich doch. »Was wissen Sie von Hilda Roden?« rief ich.

»O«, erwiderte sie schon mutiger, »ich weiß von ihr; Sie würden keinen Korb bekommen, und sie ist gut, die Hilda!«

Und Lenthe nickte dazu:« Überhör nicht, was die weise Frau dir rät!« sagte er lächelnd.

Ich aber dachte: Jetzt wird es Zeit zu gehen! – Laut sagte ich: »Ich überhör es nicht und will tun, was danach geschehen muß. Jetzt aber – reden wir von andern Dingen!«

Bereits am anderen Tage sandte ich meinen Assistenten zur Etatsrätin, bei der übrigens ein täglicher Besuch schon kaum mehr nötig war. Die junge hübsche Dame, meinte bei seiner Rückkunft der junge Mann, habe bei seinem Eintritt ihn so erschrocken angesehen, daß er schier darüber außer Fassung gekommen wäre. Ich will dir nicht verhehlen, Hans, daß bei diesen Worten sich mein Herz zusammenzog. Gleichwohl, nach drei weiteren Tagen, nachdem ich mein Haus bestellt hatte, nahm ich Abschied von den Freunden, die, da ich mit einer Hochzeit nichts zu tun haben wollte, auch mit dieser Badereise zufrieden waren, auf die sie, Gott weiß, welche Hoffnung setzten. – Und so, mein alter, mein ältester Freund«, schloß er, mir seine Hand hinüber reichend, »sitze ich denn hier bei dir wie einst vor manchen Jahren; es ist mir wie ein Ring, der sich geschlossen hat.«

Er hatte eine Weile geschwiegen; den Kopf geneigt, daß meine Augen auf sein ergrauendes Haar sahen, so saß er vor mir; dann begann er noch einmal, ohne aufzublicken: »Daß ich meiner Elsi den Tod gegeben, während ich nach dieser neuen Vorschrift vielleicht ihr Leben hätte erhalten können, das liegt nicht mehr auf mir; es ist ein Schwereres, an dem ich trage – so mühselig, daß ich, wäre es möglich, an den Rand der Erde laufen würde, um es in den leeren Himmelsraum hinab zu werfen. Laß es dir sagen, Hans, es gibt etwas, von dem nur wenige Ärzte wissen, auch ich wußte nicht davon, obgleich ihr mich zum Arzt geboren glaubtet, bis ich daran zum Verbrecher wurde.«

Er atmete tief auf. »Das ist die Heiligkeit des Lebens«, sprach er. »Das Leben ist die Flamme, die über allem leuchtet, in der die Welt ersteht und untergeht; nach dem Mysterium soll kein Mensch, kein Mann der Wissenschaft seine Hand ausstrecken, wenn er's nur tut im Dienst des Todes, denn sie wird ruchlos gleich der des Mörders!«

Ich ergriff seine Hand: »Schmähe dich nicht selber, Franz! Du hast auch so genug zu tragen!«

»Du hast recht«, sagte er aufstehend; »es taugt auch nicht, davon zu reden; nur die eine Frage ist zurück: Was nun?« Er war aufgestanden und ging im Zimmer hin und wider.

»Die Lenthes«, sagte ich, »haben dir ein derbes Mittel angeraten!«

»Für einen Unschuldigen«, erwiderte er, »vielleicht nicht unrecht; und doch« – er war stehen geblieben – »pfui, pfui! Dies edle Geschöpf zum Mittel einer Heilung zu erniedrigen, es würde nur ein neues Verbrechen sein!«

Ich blickte aus dem Banne dieser furchtbaren Erzählung in dem Zimmer umher; von dem engen Hofe fiel schon die Dämmerung herein, es regnete draußen. »Laß uns ein Weiteres auf morgen sparen«, sagte ich; »das Ungeheure, das ich gehört habe, verwirrt mich noch; ich komme morgen schon in der Frühe zu dir!«

Er nickte und reichte mir die Hand. »Tu das, Hans, und schlafe gesund, wenn dein treues Herz dich schlafen läßt!«

– – Ich ging und fand im Hotel meine alte Verwandte ungeduldig meiner harrend. »Wo bleibst du, Hans? Ich sitze hier schon stundenlang, die Hände im Schoß, und der Tee ist längst bitter!«

Meine Entschuldigung, daß ich einen alten Freund, mit hartem Schicksal beladen, wiedergefunden, wollte kaum verschlagen; ob aber der Tee bitter war, habe ich damals nicht geschmeckt.

Nach einer freilich meist schlaflosen und in vergeblichem Sinnen verbrachten Nacht machte ich mich – es war doch schon gegen sieben Uhr geworden – zu meinem Freunde auf den Weg. Als ich in das Haus trat, sah ich, daß dessen Zimmertür weit offen stand, und eine alte Magd schien drinnen aufzuräumen, als ob dort kein Bewohner mehr vorhanden sei; selbst die Fenster nach dem Hofe waren aufgesperrt.

»Ist denn der Herr Doktor schon ausgegangen?« frug ich näher tretend.

Aber das Frauenzimmer schlug mit gespreizter Hand einen Halbkreis durch die Luft: »Fortgefahren ist er, schon um vier Uhr; er kommt nit wieder!«

In meiner Bestürzung sah ich, wie einen Anhalt suchend, durch das Fenster auf den Hof und gewahrte dort die Dohle noch wie gestern auf dem Holunderbusche hucken. Die Magd hatte sich auf ihren Scheuerbesen gestemmt und schaute gleichfalls dahin. »Ja«, sagte sie, »den ruppigen Vogel, den hat der Herr Doktor meiner Herrschaft hier gelassen!«

»Hatte die denn das Tier so gern?«

Die Alte schneuzte die Nase in ihren Schürzenzipfel; dann schüttelte sie grinsend ihren Kopf: »Aber eine Handvoll Gulden hat er draufgegeben, der Herr Doktor, und gesagt, das sei das Kostgeld.«

In diesem Augenblick gewahrte ich einen Brief mit meiner Adresse auf einem Tische liegen; es war die mir noch wohlbekannte Handschrift meines Freundes. Ich nahm ihn und sagte: »Der Brief ist an mich!«

Das Weib sah mich an: »Ja, wer sind's denn eigentlich?«

Ich nannte meinen Namen und fügte hinzu: »Habt Ihr mich nicht gesehen? Ich war doch gestern den ganzen Nachmittag bei dem Herrn Doktor!«

»Ach ja, da wird's scho richtig sein; wissen's, ich hätt nachher doch den Brief Ihnen sollen bringen.«

So ging ich denn mit klopfenden Pulsen, aber wie mit einem gewonnenen Schatze in mein Hotelzimmer und las, was, wie ich jetzt glaube, Franz mir schon gestern hätte sagen können.

»Lebe wohl, mein Freund«, – so schrieb er, und es dauerte eine Weile, bevor ich weiterlesen konnte – »wir werden uns nicht wiedersehen. Daß Du zur rechten Zeit mich fandest, daß ich zu Dir das Ungeheure von der Seele sprechen konnte, hat meinen Geist befreit; ich bin jetzt fest entschlossen: ich gehe fort, weit fort, für immer, nach Orten, wo mehr die Unwissenheit als Krankheit und Seuche den Tod der Menschen herbeiführt. Dort will ich in Demut mit meiner Wissenschaft dem Leben dienen; ob mir dann selber Heilung oder nur der letzte Herzschlag bevorsteht, will ich dort erwarten. – Noch einmal lebe wohl, geliebter Freund!«

*

Seitdem, fast dreißig Jahre lang, hörte ich nichts mehr von Franz Jebe, nur durch Lenthes, mit denen ich später in nähere Verbindung trat, daß sein Assistent wirklich das Erbe seiner Praxis angetreten habe, wozu Franz ihm aus der Ferne noch behülflich gewesen sei. Dann, im Herbste 1884, gelangte ein Schreiben aus Ostafrika an mich, dessen Adresse von einer mir fremden Hand war. Als ich es geöffnet hatte, fielen zwei Briefe heraus, der eine, leicht erkennbar, von der Hand meines lang verschollenen Freundes, der andere von der Feder, welche die Adresse an mich geschrieben hatte. Ich las diesen letzteren zuerst; er war nach der Unterschrift von einem Missionar:

»Gruß in Christo Jesu zuvor!

In der Nacht vom 16. Mai d. J. ist hier der stets hülfreiche und, obwohl er den rechten Weg des Heils verschmähte, dennoch von der Liebe Gottes erfüllte Dr. med. Herr Franz Jebe unter meinen Gebeten zum wahren Gott-Schauen entschlafen, infolge einer schweren Seuche, von der er zwar nicht befallen worden, deren treue Bekämpfung aber den ohnehin schon schwachen Rest seiner dem Dienste der Menschenliebe gewidmeten Kräfte aufgerieben hat.

Diese Nachricht an Sie, werter Herr, und die Übersendung seiner Abschiedsworte habe ich ihm in seiner letzten Stunde zugesichert.

Möge der große Gott mit unserem Toten und auch mit Ihnen sein!«

Dann nahm ich den Brief meines Freundes:

»Noch einmal, Hans«, so schrieb er, »greife ich nach Deiner Hand und hoffe, Du wirst die meine fassen können; nur ein Wort noch, damit Du von mir wissest und meiner in Frieden gedenken mögest!

Ich habe ehrlich ausgehalten; mitunter nicht ohne Ungeduld, so daß mir die Gedanken kamen: Was bist du doch der Narr? Der Weg hinaus ist ja so leicht! – Aber ich hatte damals noch die Kraft, mich abzuwenden, daß ich an mir selber nicht zum Frevler würde. Jetzt endlich geht die Zeit der furchtbaren Einsamkeit, in der ich hier die zweite Hälfte meines Lebens hingebracht habe, ihrem Ende zu. Die Kräfte sinken rasch; ich wundere mich, daß ich noch lebe, zugleich aber sehe ich vor mir das Tor zur Freiheit von anderer, ich weiß nicht, von welcher Hand geöffnet – – o, meine Elsi! möchte es die deine sein!

Lebe wohl, Hans, mein Freund: ich fühl's, das Sterben kommt!«

– – So war sein Leiden denn zu Ende – Ob eine solche Buße nötig, ob es die rechte war, darüber mag ein jeder nach seinem Innern urteilen; daß mein Freund ein ernster und ein rechter Mann gewesen ist, daran wird niemand zweifeln.

Über tredition

Eigenes Buch veröffentlichen

tredition wurde 2006 in Hamburg gegründet und hat seither mehrere tausend Buchtitel veröffentlicht. Autoren veröffentlichen in wenigen leichten Schritten gedruckte Bücher, e-Books und audioBooks. tredition hat das Ziel, die beste und fairste Veröffentlichungsmöglichkeit für Autoren zu bieten.

tredition wurde mit der Erkenntnis gegründet, dass nur etwa jedes 200. bei Verlagen eingereichte Manuskript veröffentlicht wird. Dabei hat jedes Buch seinen Markt, also seine Leser. tredition sorgt dafür, dass für jedes Buch die Leserschaft auch erreicht wird.

Im einzigartigen Literatur-Netzwerk von tredition bieten zahlreiche Literatur-Partner (das sind Lektoren, Übersetzer, Hörbuchsprecher und Illustratoren) ihre Dienstleistung an, um Manuskripte zu verbessern oder die Vielfalt zu erhöhen. Autoren vereinbaren direkt mit den Literatur-Partnern die Konditionen ihrer Zusammenarbeit und partizipieren gemeinsam am Erfolg des Buches.

Das gesamte Verlagsprogramm von tredition ist bei allen stationären Buchhandlungen und Online-Buchhändlern wie z. B. Amazon erhältlich. e-Books stehen bei den führenden Online-Portalen (z. B. iBookstore von Apple oder Kindle von Amazon) zum Verkauf.

Einfach leicht ein Buch veröffentlichen: **www.tredition.de**

Eigene Buchreihe oder eigenen Verlag gründen

Seit 2009 bietet tredition sein Verlagskonzept auch als sogenanntes "White-Label" an. Das bedeutet, dass andere Unternehmen, Institutionen und Personen risikofrei und unkompliziert selbst zum Herausgeber von Büchern und Buchreihen unter eigener Marke werden können. tredition übernimmt dabei das komplette Herstellungs- und Distributionsrisiko.

Zahlreiche Zeitschriften-, Zeitungs- und Buchverlage, Universitäten, Forschungseinrichtungen u.v.m. nutzen diese Dienstleistung von tredition, um unter eigener Marke ohne Risiko Bücher zu verlegen.

Alle Informationen im Internet: **www.tredition.de/fuer-verlage**

tredition wurde mit mehreren Innovationspreisen ausgezeichnet, u. a. mit dem Webfuture Award und dem Innovationspreis der Buch Digitale.

tredition ist Mitglied im Börsenverein des Deutschen Buchhandels.

Dieses Werk elektronisch lesen

Dieses Werk ist Teil der Gutenberg-DE Edition DVD. Diese enthält das komplette Archiv des Projekt Gutenberg-DE. Die DVD ist im Internet erhältlich auf **http://gutenbergshop.abc.de**

Zeitfracht Medien GmbH
Ferdinand-Jühlke-Straße 7
99095 Erfurt, Deutschland
produktsicherheit@kolibri360.de